프레지던트
힐러리

움직이는 서재 과거와 현재와 미래를 연결시키는 지식 창고

책과 함께 있다면 그곳이 어디이든 서재입니다.
집에서든, 지하철에서든, 카페에서든 좋은 책 한 권이 있다면 독자는 자신만의 서재를 꾸려서 지식의 탐험을 떠날 수 있습니다. 좋은 책이란, 시대와 세대를 초월해 지식과 감동을 대물림하고, 다양한 연령들의 소통을 가능케 하는 힘이 있습니다. 움직이는 서재는 공간의 한계, 시간의 장벽을 넘어선 독서 탐험의 동반자가 되겠습니다.

Hillary Rodham Clinton: A Woman Living History by Karen Blumenthal

Copyright © 2016 by Karen Blumenthal
All rights reserved.
This Korean edition was published by Interpark C&E(Moving Library) in 2016 by arrangement with Feiwel & Friends, a division of Holtzbrinck Publishers, LLC through KCC(Korea Copyright Center Inc.), Seoul.

이 책은 (주)한국저작권센터(KCC)를 통한 저작권자와의 독점계약으로 (주)인터파크씨엔이(움직이는서재)에서 출간되었습니다. 저작권법에 의해 한국 내에서 보호를 받는 저작물이므로 무단 전재와 무단 복제를 금합니다.

프레지던트
힐러리

세상을 변화시키고 싶은
꿈과 열망의 롤모델

캐런 블루멘탈 지음 | 김미선 옮김

움직이는
서재

'진짜 꿈'을 찾으려면
자신의 강점과
먼저 만나야 합니다

청소년 시절의 힐러리는 우주비행사가 되고 싶었습니다. 그래서 우주비행사가 되려면 어떤 공부를 해야 하며, 또 어떤 과정을 거쳐야 하는지 자세한 정보를 알고 싶어 나사(NASA)에 편지를 보냈습니다. 그때는 인터넷이 없던 시절이었으니까요. 그런데 나사로부터 뜻밖의 답장이 왔습니다. '우리는 여성 우주비행사를 뽑지 않습니다.'라는 내용이었지요. 그래서 '엿 먹어라' 하고는 핵물리학자가 되려고 했습니다. 그런데 이번에는 수학이 방해를 놓았습니다.

핵물리학자가 되려면 수학 성적이 월등히 좋아야 하는데, 그렇지 못했거든요. 그건 노력해서 극복할 문제가 아니라, 애초의 적성이나 소질이 수학과 맞지 않는 것이었습니다. 노래를 잘 부르려면 좋은 목소리를 지녀야 하듯 수학을 뛰어나게 잘하려면 타고난 재능이 있어야 하는데, 힐러리에게는 수학적 재능이 모자랐거든요. 힐러리는 아무래도 자신의 길이 아닌 것 같아 핵물리학자의 꿈을 빨리 포기했습니다.

그리고 그녀는 오랜 시간을 두고 자신이 뭘 잘하고 뭘 좋아하는지 생각해 보았습니다. 힐러리에게는 논리적으로 설명하는 능력이 있고, 옳고 그른 일을 분별하는 걸 좋아했으며, 호기심이 왕성하고, 다른 사람의 일에도 관심이 많았습니다. 그리고 다툼이 생기면 흥분하지 않고 중재도 잘했지요. 흔히 이런 사람을 두고 오지랖이 넓다고합니다. 그런데 가치관이 분명하고 정의롭다면 오지랖이 넓은 것은 큰 강점입니다. 사람을 이끄는 리더십과 자연스럽게 연결되고, 많은 이의 입장을 대변할 수 있으며 공공의 이익을 위해 앞장설 수 있다는 거니까요. 한마디로 정치가의 자질이 있는 사람이라고 할 수 있습니다.

힐러리는 비로소 자신의 강점과 약점에 대해 알게 되었고 강점을 가장 잘 살릴 정치가로 진로를 정한 다음, 꿈을 향해 꾸준히 나아갔습니다. 사실 진로를 결정할 때 이 과정만큼 중요한 것도 없습니다. 하고 싶은 일, 관심 가는 분야가 자신이 잘하는 것과 일치되면 좋겠지만 그렇지 않은 경우도 많거든요. 그래서 스스로를 탐구하는 마음으로 살피며 내가 가진 강점이 무엇인지 알아내고, 그 강점을 살릴 일을 찾아보는 것이 꼭 필요합니다.

힐러리가 인생의 방향을 정하던 그 시절은 철저한 남성 중심 사회였기에, 여성 정치가의 꿈은 그 자체로 험난함을 의미했습니다. 여자라는 근본적인 약점을 가지고 출발해야 해서 대부분의 사람이 중간에 좌절할 정도였지요. 그러나 힐러리는 다르게 생각했습니다. 조금 시간이 걸리더라도 꾸준히 시도한다면 꿈에 다다를 수 있고 여성이라는 약점까지도 강점으로 만들 수 있다고 믿었지요. 그리고 자신과 꿈이 같은 사람들을 만나고 서로 영향력을 주고받으며 그녀의 행보는 더욱 단단해졌습니다. 그 길에 가장 큰 영향력과 도움을 준 사람은 바로 남편인 빌 클린턴이었지요.

힐러리는 20대에 만난 빌 클린턴을 매우 좋아했습니다. 힐러리가 자신의 인생 전체를 돌이켜 보았을 때 가장 아름다웠던 시기가 빌 클린턴과 연애하던 시절이라고 이야기할 정도로요. 하지만 빌 클린턴이 단순히 미남에 달콤한 연애상대였다면 힐러리와 결혼까지 이르지는 않았을 겁니다. 빌 클린턴은 큰 꿈을 품은 정치지망생이었고 힐러리와는 사랑하는 사이이자 정치적 동반자였기에 결혼이 가능했지요.

힐러리는 빌 클린턴의 가능성을 알아보았고, 그의 꿈과 자신의 꿈이 같다는 것을 알았습니다. 빌 클린턴과의 결혼은 힐러리가 정치가의 꿈을 키우면서 사랑도 지키는, 그녀에게 아주 잘 맞는 결혼이었습니다.

힐러리의 꿈은 세상의 변화를 이끌어 내는 정치인, 그것도 역사에 성과와 업적을 남기는 큰 정치인이 되는 것이지 대통령의 부인이 되는 것은 아니었습니다. 그리고 클린턴은 그런 힐러리의 꿈을 누구보다 잘 이해하고 지지해 주는 사람이었지요. 또 힐러리의 강점을 잘 알고 높이 평가하는 사람이기도 했습니다.

두 사람은 성격도 가지고 있는 강점도 달랐습니다. 힐러리에게는 빈틈을 찾아내는 예리함이 있었고 클린턴에게는 사람의 마음을 움직이는 설득력이 있었습니다. 힐러리에게는 결정된 일을 실행하는 추진력이 있었고 클린턴에게는 위기 상황에서 유연하게 대처하는 순발력이 있었습니다. 두 사람은 이렇게 굉장히 달랐지만 달랐기 때문에 서로의 모자람을 채워주고 힘을 보태는 관계가 될 수 있었지요.

꿈을 향해 가는 길에 조력자가 있다는 것은 굉장한 행운입니다. 또한 세상에 완벽한 사람은 없기에 내가 가지지 못한 강점을 지닌 사람의 조언을 받아들이고 나의 모습을 비춰보는 것은 꿈의 성취에 아주 필수적인 덕목이지요.

　힐러리는 젊은 시절, 클린턴의 정치적 성장을 도왔습니다. 클린턴이 주지사, 그리고 국회의원에 당선되고 일하는 과정에서 누구보다 중요한 집행자이자 참모 역할을 해냈지요. 그러다 클린턴이 대통령이 되어 백악관에서 살 때도 그녀는 클린턴 정부의 공식적인 파트너로 일했고 퍼스트레이디로서 상원의원에 당선되는 미국 역사상 처음 있는 사건도 만들었습니다. 그리고 그 과정에서 힐러리는 대중의 마음을 읽고, 공감하고, 필요한 것을 찾아내는 실제적 정치인으로 다듬어졌습니다. 한마디로 정치사관학교에 다닌 것과 같았지요.
　하지만 항상 탄탄대로를 걸었던 것은 아닙니다. 힐러리가 가진 열정의 크기만큼 실패도, 실수도 겪었고 비난도 많이 감수해야 했습니다. 또한 여성이라는 핸디캡은 끝없이 그녀의 발목을 붙잡았지요. 그래도 힐러리는 어려움과 고비를 성장의 발판으로 삼으려 애썼습니다. 또한 자신의 결점이나 상처를 아프지만 들여다보면서 치유하려 시도했고, 주변의 조언도 받아들였지요. 그 결과 그녀는 누구의 공격에도 쉽게 무너지지 않을 강인한 마음과 넓은 포용력으로 사람들 앞에 설 수 있게 되었습니다.

그녀는 열정이 앞섰던 젊은 날의 서투름에서 벗어나 나이와 함께 노련한 정치인이 되고 싶었습니다. 그래서 자신에게 주어진 모든 기회를 다 경험해보고 그 경험을 자산으로 삼으려 시도했어요. 힐러리는 사람의 생각을 바꾸고, 현실에서 작은 변화를 이루는 일조차 축적된 경험 없이는 해낼 수 없다는 것을 알았습니다. 그래서 자신의 경험을 현실에 적용해 조금이라도 더 좋은 세상을 만드는 데 도전하기로 했지요. 그녀의 좌우명 중 하나를 소개해봅니다. 어머니가 해준 말이라고 합니다.

"인생이란 너에게 일어난 일을 말하는 것이 아니다. 너에게 일어난 일로 무엇을 하느냐에 관한 것이다."

힐러리는 이제 그동안 겪은 경험을 재료로, 그리고 경험 속에서 다듬어진 보다 강해진 강점을 활용해 좀 더 나은 세상을 만들기 위해 나섰습니다.

그녀의 도전은 그 자체로 매우 가치 있는 일입니다. 힐러리가 아니었다면, 여성에 대한 편견을 뚫으려 인생을 건 전략을 세우고 뛰어난 실행력을 보여 준, 그토록 힘든 도전에 뛰어든 사람을 볼 수 없었을 것입니다. 그리고 그녀가 아니었다면 우리는 진정한 파트너십을 갖추고 헌신하며 자기 자신을 신뢰한 이를 만나지 못했을 것입니다.

Contents 차례

PART 1
정의감도 있었고
오지랖도 넓었어

PART 2
방향이 잡혔다면
머뭇거릴 이유가 없어

PART 3
서툴렀어, 열심히 일했지만 좌절이 왔어

PART 4

오래된
프레지던트의 꿈을 꺼내다

인트로
Intro

꿈꾸는 능력은
어머니에게서,
현실적 실행력은
아버지에게서 배웠어

세상 대부분의 어머니는 자신의 딸이 나보다 나은 삶을 살기 바란다. 자신이 누리지 못한 것들을 마음껏 누리며 넓은 세상을 향해 거침없이 나아가기를 바라는 것이다. 힐러리의 어머니 도로시 하월 로댐도 마찬가지였다.

소방관의 딸이었던 도로시는 시카고에서 태어났고 캘리포니아에서 자랐다. 당시에는 이혼이 흔한 일이 아니었는데, 부모님이 일찍 이혼을 하는 바람에 외할아버지 집에서 어린 시절을 보내야 했다. 그곳에서 그녀는 무관심한 할아버지와 깐깐한 할머니 밑에서 평탄하지 못한 성장 과정을 겪어야 했다. 하지만 그런 환경에도 불구하고 도로시는 다른 사람을 배려할 줄 아는 이해심 많은 사람으로 자랐다.

도로시는 1947년 10월 26일, 시카고 북부에 있는 한 병원에서 튼실한 첫딸을 낳았다. 도로시는 딸에게 평범한 이름을 지어주고 싶지 않았다. 그리고 여자아이라고 해서 여성스러운 이름만 지어주어야 한다고 생각하지도 않았다. 그래서 도로시는 딸에게 보통의 여자아이 이름이 아닌 '힐러리'라는 중성적인 이름을 지어주었다.

도로시는 딸이 그 이름을 걸고 당당히 살아주길 바랐다. 그리고 그저 결혼 잘하는 것에 모든 걸 거는 평범한 삶 대신 남자에게 의지하지 않고도, 자기 자신의 역량을 마음껏 펼치며 살아주길 원했다. 이것이 도로시가 딸을 향해 품은 꿈이었다.

사실 도로시는 그때까지 자기가 정말 원하는 게 뭔지, 자기가 잘할 수 있는 게 뭔지 생각하지 못하고 살았다. 지금껏 일상을 살아내는 것만으로도 너무나 바빴던 터라 자신을 돌아볼 여유가 없었기 때문이다. 그래서 도로시는 딸 힐러리를 보며 결심했다.

'그래, 나는 비록 꿈이 없는 인생을 살았지만, 내 딸 힐러리만큼은 누구보다 큰 꿈을 가지고 당당하게 살아갈 수 있도록 키울 거야.'

1947년에 미국 중부 지방에 사는 여자가 이런 생각을 한다는 것은 놀라울 정도로 대담한 것이었다. 그래서 평생에 거쳐 보여준 힐러리의 담대한 DNA는 100% 어머니 도로시로부터 비롯되었다고 해도 과언이 아니다.

힐러리가 어머니에게서 '꿈꿀 수 있는 능력'을 얻었다면, 아버지에게선 그 꿈을 이룰 수 있는 '현실적인 실행력'을 얻을 수 있었다.

아버지는 언제나 현실을 냉정하게 보았고, 생각만으로는 아무것도 이룰 수 없다며 강인한 실행력을 보여주었다. 힐러리의 아버지 휴 로댐은 2차 세계대전이 일어나기

전에 옷감을 파는 섬유사업을 하다가 전쟁이 나자 해군 상사로 군에 들어가 병사들을 훈련시키는 일을 했다. 그러다 종전으로 제대를 했고 더 이상 군인이 아니었지만, 가족들에게는 여전히 군인이었다.

군 관련 직업을 가진 사람 중에는 더러 명령과 규율로 움직이는 군 세계에 빠져 일상을 사는 경우가 있다. 그래서 군인으로서의 리더십과 아버지로서의 역할을 구분 못 하는 경우가 많은데, 힐러리의 아버지가 딱 그런 유형이었다. 그러니 어머니 도로시의 이해와 수용, 인내가 아니었다면 힐러리의 가정은 절대로 온전하지 못했을 것이다.

아버지는 항상 절약을 강조했고 자녀들 성적을 민감하게 살폈으며 완벽주의자 성향이 있어서 조금의 실수도 용납하지 않았다. 그렇게 엄격하게 가족들을 대했지만 그래도 늘 당당하게 말했다.

"지금은 너희가 나를 원망할지 모르지만, 나중에 사회에 나가면 알게 될 거다. 집에서 이렇게 강하게 자란 것이 얼마나 도움이 되는지를 말이다. 아마도 너희가 사회에 나가면 남들보다 빨리 성공할 수 있을 거야."

힐러리는 아버지의 가르침이 힘겹기는 했지만 원망하지는 않았다. 오히려 아버지를 기쁘게 해드리고 인정받기 위해서 무던히도 노력했고 어렸을 때부터 잘하는 분야든 못하는 분야든 최선을 다하는 습관을 길렀다. 그 결과 무슨 일을 하든지 끝까지 완수할 수 있는 책임감을 갖게 되었다. 힐러리가 강인한 면모와 끝까지 승부하는 기질을 갖게 된 것도 아버지에게 혹독하게 훈련받은 영향이 크다고 할 수 있다.

정의감도 있었고
오지랖도 넓었어

웰즐리여대 시절의 힐러리 로댐. 이때 힐러리는 반전운동에 눈을 뜨고 인종차별과
불평등 문제에도 관심을 갖게 된다. 또한 마틴 루서 킹 목사에게 영향을 받아 어떤
사안을 볼 때 '이익이 되는가?'보다 '옳은가?'라는 생각을 먼저 하게 되었다.

우주비행사나
과학자가 되고 싶었어

과학자가 부족한
시대였거든

1958년 1월 31일, 평소라면 벌써 잠들었을 시간이었지만 힐러리는 조금도 졸리지 않았다. 졸리기는커녕 눈을 반짝거리며 바깥에서 들려오는 소리에 귀를 쫑긋 세우고 있었다. 무언가를 몹시 기다리는 모양이었다. 벽시계를 보니 시간은 벌써 11시가 넘어가고 있었다.

'왜 아무 소식이 없지? 혹시 실패한 건가?'

문득 이런 걱정이 들자 힐러리의 표정이 어두워졌다. 하지만 곧 나쁜 생각을 한 것을 떨쳐버리려는 듯 거칠게 고개를 가로저었다. 그리고 두 손을 곱게 모으고 기도를 드리기 시작했다.

'하느님, 제발 성공하게 해주세요. 제발요!'

그렇게 하느님께 간절히 기도를 드리고 있는데 갑자기 거실에서 "성공이야, 성공!" 하며 환호성을 지르는 아빠의 목소리가 들려왔다. 그 소리를 듣자마자 힐러리는 구르듯이 거실로 달려나갔다. 보통 때라면 11시가 넘어서까지 안 자고 있다는 걸 들키면 혼이 날 테지만 지금은 그런 걸 따질 때가 아니었다.

"아빠, 정말 발사에 성공했어요?"

"하하하! 힐러리야, 이걸 봐라! 이제 우리 미국도 인공위성을 가지게 되었어!"

아빠는 상기된 표정으로 텔레비전을 가리켰다. 텔레비전 화면에는 익스플로러 1호가 자욱한 하얀 연기 속에서 불을 뿜으며 하늘로 날아가는 모습이 보였다. 힐러리는 텔레비전 앞으로 달려가 그 모습을 뚫어져라 지켜보았다. 익스플로러 1호의 동체가 하얀빛을 발하며 검은 밤하늘로 날아가고 있었다. 잠시 후 그 모습을 배경으로 뉴스 앵커가 나와 익스플로러 1호의 성공적인 발사와 지금까지의 과정에 대한 소식들을 자세하게 알려주었다. 힐러리는 마치 홀린 듯 익스플로러 1호의 발사 광경에서 눈을 떼지 못했다. 그때 아버지의 의기양양한 목소리가 뒤에서 들려왔다.

"이제 소련 놈들 코를 납작하게 해주는 일만 남았어. 인공위성은 아깝게 선수를 놓쳤지만 다른 건 우리 미국이 훨씬 앞질러갈 거야."

아빠의 말을 듣고 무언가 이상하다는 듯 힐러리는 고개를 갸웃거렸다.

"아빠, 그럼 소련이 우리보다 먼저 인공위성 발사에 성공했어요? 언제요?"

"작년에 소련에서 먼저 스푸트니크 1호를 쏘아 올렸어. 새로운 역사를 쓸 기회를 아깝게 놓쳐버린 거지."

1957년 10월 4일, 소련은 최초의 인공위성인 스푸트니크 1호를 우주로 쏘아 올리는 데 성공했다. 이 사건은 인류의 활동 영역을 지구의 땅 위에서 미지의 우주 공간으로 확장시킨 획기적인 일이었다. 그런데 소련의 선공으로 우주시대가 열리면서 인류는 새로운 전쟁을 시작하게 되었다. 전쟁의 주인공은 당시 전 세계를 양분하고 있던 미국과 소련이었다. 소련의 스푸트니크 1호의 발사 성공에 위기의식을 느낀 미국은 서둘러 우주 경쟁에 뛰어들었다. 그리고 다음 해 1월 익스플로러 1호 발사에 성공했다. 이로써 미국과 소련 간의 치열한 우주개발 경쟁이 본격적으로 시작되었다.

아빠는 익스플로러 1호가 발사에 성공했음에도 우주 경쟁에서 소련에게 선수를 빼앗긴 것이 몹시 안타까운 모양이었다. 하지만 힐러리는 안타까운 것보다 소련에게 뒤처진 이유가 궁금했다.

"아빠, 우리가 소련보다 더 잘사는 나라라고 하는데 왜 인공위성은 먼저 개발하지 못한 거예요?"

힐러리의 질문에 아빠는 씁쓸한 표정을 지었다.

"그게… 인공위성을 개발하려면 뛰어난 과학자가 많이 필요한데 소련에는 그런 과학자 수가 우리보다 다섯 배나 더 많다는구나. 소련은 나라에서 과학자를 키우는데 우리 미국은 그런 점에선 좀 부족했던 것 같아. 하지만 앞으론 많이 달라질 거야."

아빠의 말대로 소련의 과학 기술력에 자극을 받은 미국은 우주개발의 주축이 될 NASA를 세우고, 교육과정에서도 과학 부문에 좀 더 집중하기 시작했다. 양국의 인공위성 발사로 시작된 우주개발 경쟁은 국가 정책뿐만 아니라 사회에도 많은 영향을 끼쳤다. 사회적 화두로 떠오를 만큼 과학과 기술에 대한 사람들의 관심이 높아졌고, 과학자에 대한 위상도 달라졌다. 그리고 이러한 시대적 분위기는 공부하는 학생들에게도 많은 영향을 주었다.

익스플로러 1호의 발사를 지켜보던 수많은 학생이 우주비행사가 되어 우주로 가는 꿈을 꾸기 시작했다. 그리고 과학을 좋아하거나 공부를 잘하는 학생들은 너나 할 것 없이 과학자가 되기를 희망했다. 그것은 힐러리 역시 마찬가지였다. 텔레비전으로 하얀빛을 발하며 미지의 우주

로 날아가는 익스플로러 1호의 모습을 보며 힐러리는 우
주비행사가 되겠다고 결심했다.

여자는 우주비행사가
될 수 없다는 답을 들었지

힐러리는 우수비행사가 되는 구체적인 길을 알고 싶어서
NASA로 편지를 한 통 보냈다. 우주비행사가 되고 싶은
열망과 의지를 가득 담은 힐러리의 편지에 NASA는 답장
을 해주었다. 하지만 NASA에서 보내온 답장은 힐러리에
게 희망이 아니라 크나큰 절망과 분노를 안겨주었다. 안
타깝지만 힐러리는 여자라서 우주비행사가 될 수 없다는
내용이었기 때문이다.

　자신이 여자라는 이유 하나로 우주비행사가 될 수 없다
는 사실에 힐러리는 몹시 분개했다. 지금까지 남녀차별을
겪어본 적이 없었던 힐러리로서는 도저히 납득할 수 없는
이유였다. 하지만 당시 미국 사회에는 남자와 여자에 대

한 차별이 존재하고 있었다. 아무리 뛰어난 능력을 가졌어도 단지 여자라는 이유만으로 허락되지 않는 일이 무수히 많았다.

어린 힐러리로선 용납할 수 없는 이유였지만, 자신이 우주비행사가 될 수 없다는 것은 분명히 깨달았다. 몇 날 며칠 동안 분노의 눈물을 흘리던 힐러리는 현실의 벽 앞에서 어쩔 수 없이 우주비행사의 꿈을 포기하기로 했다. 고작 열두 살 때 힐러리는 자신의 첫 번째 꿈이 좌절되는 쓰디쓴 경험을 해야 했다.

하지만 우주비행사의 꿈이 좌절되었다고 낙담하고 있을 힐러리가 아니었다. 힐러리는 자신이 우주로 날아가는 대신 우주선을 우주로 날려 보내는 핵물리학자가 되기로 새롭게 마음을 먹었다.

'우주비행사? 쳇, 엿 먹으라고 해. 나는 핵물리학자가 될 거니까.'

힐러리는 미련 없이 마음을 바꿨다. 그리고 차선의 꿈도 마련해 두었다. 만약 핵물리학자가 되지 못한다면 좋은 과학 선생님이 되어서 훌륭한 과학자를 길러내는 역할을 하겠다고 생각했다. 그런데 힐러리가 유독 과학과 관련된 것에 자신의 진로를 맞추는 것은 오직 한 가지 이유 때문이었다. 미국이 소련보다 늦게 인공위성을 쏘아 올린 원인이 과학자 숫자가 적어서라는 아빠의 말 때문이었다. 그 말이 힐러리에겐 큰 충격으로 다가왔다. 그래서 자신이 조국을 위해 할 수 있는 최선의 일은 훌륭한 과학자가 되는 것이라고 생각했다.

수학 때문에
과학자의 꿈은 접어야 했어

과학자의 꿈 역시 만만치 않았다. 힐러리는 고등학교에 진학하면서 한차례 큰 좌절을 겪게 되었다. 그때까지 힐러리는 공부에 꽤 자신이 있었다. 천재형은 아니었지만, 노력형이었기에 수재 소리는 듣고 살았다. 하지만 학생 수가 5,000여 명 정도 되는 고등학교에 올라가자 예전과 많은 것이 달라졌다. 각 학교에서 잘한다고 소문난 아이들만 모아 놓은 것 같았다. 그러다 보니, 자신이 노력한 만큼 성적이 나와주지 않았다.

'대체 뭐가 문제인 거지? 내가 뭘 잘못하고 있는 거야?'

공부를 잘하는 학생일수록 노력에 비해 예전보다 못한 결과를 얻게 되면 더욱 큰 좌절과 혼란을 겪기 쉽다. 그래서 예전과 같은 결과를 얻는 데 매달리다 보면 자칫 공부에 자신감을 잃고 아예 포기해버리기도 한다. 하지만 힐러리는 영리했다. 원하는 결과를 얻는 데만 매달리지 않았다. 그보다 자신을 좀 더 객관적으로 바라보는 데 집중했다. 자신을 냉정하고 객관적으로 바라본다는 건 무척 괴롭고 힘든 일이다. 하지만 자신의 재능과 적성을 찾기 위해선 꼭 필요한 과정이다.

힐러리는 자신의 성적표를 한참 동안 들여다보고 나서 문제의 원인을 깨달았다. 1등이 될 수 없는 원인은 수학 때문이었다. 사실 힐러리는 고등학교에 올라와서 처음으로 수학의 어려움을 느끼고 있었다. 중학교 때까지 힐러리는 자신이 수학 과목에 취약하다는 걸 몰랐다. 다른 과목보다 조금만 더 열심히 공부하면 좋은 성적을 받을 수 있었기 때문이었다. 하지만 난이도가 높은 고등학교 수학은 그 정도로 공부해서는 원하는 성적을 받을 수가 없었다. 문제는 지금보다 더 열심히 공부한다고 성적이 향상될 수 있는가 하는 거였다.

'이런 수학 실력 가지고는 과학자는커녕 1등도 할 수 없어. 어쩌면 이 수학 점수는 노력이 부족해서가 아니라 내게 수학적 재능이 부족하기 때문인지도 몰라.'

괴롭지만 이런 의문을 가질 수밖에 없었다. 그리고 수학 성적이 좋은 아이들을 관찰해보니 그들과 자신의 근본적인 차이점이 무엇인지 분명히 알 수 있었다.

수학시간에 선생님께 같은 설명을 들어도 수학을 잘하는 아이들은 문제의 핵심을 빨리 파악하고 그에 맞는 공식을 금방 대입할 줄 알았다. 하지만 힐러리는 문제에서 필요로 하는 공식을 찾아내는 데 한참이 걸렸다. 이것은 노력의 차이라기보다 수학적 재능의 문제였다. 즉 힐러리는 다른 과목에 비해 수학적인 재능이 부족했다. 힐러리로선 무척 자존심이 상하는 일이었지만, 자신에게 수학적 재능이 부족하다는 것을 인정할 수밖에 없었다.

문제는 수학적 재능이 부족한 사람은 과학자가 되기 힘들다는 거였다. 과학에서 수학은 기본 중에 기본인 분야였다. 정확하게 말해 수학을 못 하는 사람은 과학자가 될 수 없었다. 이것은 우주비행사의 꿈을 포기하면서 새롭게 가졌던 과학자의 꿈조차 빨리 포기해야 한다는 것을 의미했다.

학생회장 선거가
많은 깨달음을 주었지

❦

걸 크러시

스타일이었어

힐러리는 천성적으로 활달하고 사람들과 잘 어울리는 사교적인 성격이었다. 그래서 어렸을 때부터 친구가 많았다. 그런데 친구들과 노는 방식이 보통의 여자아이들과는 많이 달랐다. 말괄량이에다 골목대장 기질이 넘쳤던 힐러리는 여자아이들이 즐겨 하는 소꿉놀이 같은 얌전한 놀이

보다 경찰놀이나 술래잡기 같은 활동적인 놀이를 더 좋아했다.

초등학교에 들어가면서부터는 단순한 놀이보다 뭔가 의미 있고 목적성이 있는 활동을 즐겨했다. 예를 들어, 이웃 아이들과 함께 자선행사에 참가해서 집집마다 과자를 팔러 다니기도 하고, 자선기금을 모으기 위해 뒷마당에서 작은 바자회 같은 것을 벌이기도 했다. 열두 살 때는 친구들과 함께 모의 올림픽 대회를 열어 돈을 모금해서 지역 신문인 〈유나이티드 웨이〉(United Way : YMCA나 적십자사 같은 단체를 재정적으로 지원하는 미국의 민간조직)에 기부하기도 했다. 힐러리는 단순히 몸으로 노는 놀이보다 어떤 활동을 기획하고 실천하는 과정에서 오는 보람이나 성과에서 즐거움을 느꼈다.

이런 활동적인 성향은 친구관계뿐만 아니라 학교에서도 힐러리를 빛나게 해주었다. 힐러리는 언제나 학교에서 여는 행사에 적극적으로 참여했다. 특히 걸스카우트 단원으로 활동하면서 7월 4일 독립기념일 행진에 매년 참가하기도 했다. 힐러리는 우등생이었지만 책상 앞에만 앉아 있는 공부벌레는 아니었다. 모든 일에 호기심을 가지고 참여하는 활동적인 아이였다. 그래서 친구들뿐만 아니라 선생님들도 힐러리를 좋아하고 무척 신뢰했다.

특히 친구들은 같은 또래인데도 힐러리를 믿고 의지하는 편이었다. 괴롭힘이나 불합리한 일을 당하거나 친구들 사이에서 어떤 문제가 생기면 모두 힐러리에게 달려갔다. 그러면 의협심이 강한 힐러리가 친구의 괴로움을 해결하기 위해 두 발 벗고 나섰다. 귀찮아하거나 자신에게 불이익을 생길까 뒤로 뺄 만도 한데 힐러리는 언제나 앞장서서 문제를 해결하려고 했다. 설령 문제를 해결해주지 못하더라도 친구와 고통을 함께하려고 노력했다.

힐러리의 정의감 넘치는 성격과 적극적인 행동력 덕분에 친구들뿐만 아니라 선생님들에게도 신뢰와 지지를 얻었다. 그래서 선생님들은 학생들 사이에 문제가 생기거나 다루기 힘든 말썽꾸러기 학생이 있으면 힐러리에게 부탁하기도 했다.

초등학교 5학년 때 학교에서 모르는 사람이 없을 정도

로 유명한 말썽꾸러기 남학생들이 힐러리의 반에 있었다. 그들은 선생님이 안 계시면 심한 장난을 치는 등 자주 말썽을 부렸는데 특히 여학생들을 괴롭히는 게 문제였다. 그래서 당시 담임선생님이었던 크라우즈 선생님은 교실을 비울 때마다 힐러리에게 아이들을 잘 통솔해달라고 부탁했다. 선생님은 힐러리가 말썽꾸러기 남자아이들에게 용감히 맞서서 여자아이들을 보호할 수 있는 적임자라고 생각했다. 사실 선생님의 당부가 없었더라도 의협심 강한 힐러리가 말썽꾸러기 남학생들이 여학생들을 괴롭히는 걸 그냥 보고만 있지는 않았다. 선생님의 당부와 지지로 확실한 명분까지 얻은 힐러리는 말썽꾸러기들이 여학생들을 괴롭히지 못하도록 적극적인 제지를 가했다.

이 일로 통솔력과 문제해결력을 인정받은 힐러리는 다음 해에 학교의 안전순찰대 대장으로 뽑혔다. 순찰대장은 학교라는 작은 사회 안에서 대단한 영향력을 가진 인물이 된다는 걸 의미했다. 학생들뿐만 아니라 선생님들도 순찰대장은 함부로 대할 수 없는 위치였다. 학부모들도 힐러리가 순찰대장이라는 걸 알면 대하는 태도가 달라질 정도였다. 힐러리도 순찰대장인 자신을 대하는 사람들의 태도를 보며 어렴풋하게나마 권력의 위력을 느낄 수 있었다. 거친 남자아이들도 힐러리가 단호하게 그만하라고 말하면 움찔하며 행동을 멈추었다. 선생님들도 순찰대장의 의견은 함부로 무시하지 않고 신중하게 들어주려 했다.

순찰대장으로 활동하면서 힐러리는 직책과 직책에 따른 권력의 힘을 경험할 수 있었다. 그 경험은 짜릿하면서도 무거운 것이었다. 만약 힐러리가 자신에게 주어진 알량한 권력을 휘두르는 것에 도취되었다면 자리만 탐하는 안하무인이 되었을지도 모른다. 하지만 힐러리는 권력에 도취되지 않고 그것이 가진 막중한 책임감을 더 많이 느꼈다.

어린 나이임에도 정의감 넘치는 성정은 권력에 대한 바른 가치관을 가지게 해주었다. 그래서 힐러리는 자신에게 주어진 권한을 남을 돕고, 잘못된 것을 바로잡고, 문제를 해결하는 데 쓰려고 했다. 그리고 힐러리는 그것이 옳은 일이며, 권력을 가진 자가 해야 할 일이라고 생각했다.

학생회장 선거를 준비하며
평등 문제를 경험한 거야

순찰대장 직책을 잘 수행한 능력을 인정받아 힐러리는 중학교와 고등학교에 올라가서도 내내 반의 반장이나 학생회 간부로 활동했다. 타고난 리더십을 가진 힐러리는 학생들을 이끌 간부 역할을 맡기에 적임자였다.

힐러리는 언제나 학생들과 학교에서 중심이 되는 인물이었다. 한 번도 자신의 일만 신경 쓰는 우등생이나 냉소적인 방관자, 무관심한 주변인으로 있은 적이 없었다. 학교의 문제와 학생들 간의 갈등, 학교와 학생들 사이에 대립이 일어날 때마다 주저하지 않고 그 중심으로 들어갔다. 그리고 자신이 가진 권한과 지혜와 재능을 사용해서 그것들을 해결하기 위해 애썼다.

고등학교 2학년 때 부반장으로 활동한 힐러리는 3학년에 올라가자 학생회장에 도전하기로 결심했다.

학생회장은 학생들의 투표로 결정되기 때문에 선거준비를 해야 했다. 고등학교 선거라고 해도 나름의 전략과

홍보가 필요했기에 힐러리는 자신의 지지자들과 함께 준비를 해서 선거운동에 들어갔다. 그런데 선거운동이 시작되자마자 힐러리는 전혀 예상하지 못한 난관에 부딪혔다. 경쟁자들이 힐러리가 여자라는 걸 가지고 문제로 삼기 시작한 것이다.

"만약 여자애가 학교를 대표하는 학생회장이 된다고 해봐요. 다른 학교 애들이 뭐라고 하겠어요. 아마 저 학교 남학생들은 다 바보라서 학생회장도 못한다고 할 거예요. 여자애가 학생회장이 되는 건 우리 학교 남학생들이 모두 바보라는 걸 스스로 인정하는 꼴이라고요. 안 그래요?"

힐러리를 제외한 나머지 후보들은 모두 남자였다. 그들은 여자가 학생회장 선거에 출마했다는 것 자체를 못마땅해했다. 마치 단합이라도 한 듯 남학생 후보들은 힐러리가 나타나기만 하면 노골적인 성 대결 발언으로 남학생들을 선동하기 시작했다. 그런데 경쟁자들의 그 비열한 선동이 남학생들에게 먹히고 있었다.

힐러리는 몹시 분노했지만 일부러 아무런 대응도 하지 않았다. 그런 비열한 술수에 맞대응해봤자 똑같이 비열한 인간이 된다고 생각했기 때문이다. 소신대로 자신이 학생회장으로서 적임자라는 것과 준비한 공약을 알리는 데만 주력했다. 하지만 경쟁자들의 선동 때문인지 상황은 점점 힐러리에게 불리해져 갔다. 결국 힐러리는 학생회장 선거에서 참패하고 말았다. 예상은 하고 있었기 때문에 크게 실망하진 않았다. 그런데 선거 결과 때문이 아니라 경쟁했던 남학생 중 한 명이 한 말로 마음에 상처를 받았다. 그는 선거 결과가 발표되자마자 힐러리에게 다가와 비웃듯이 이렇게 말했다.

"힐러리, 너 진짜로 여자가 학생회장이 될 수 있을 거라고 생각해서 선거에 나온 거야?"

"여자가 학생회장이 되면 왜 안 돼?"

남학생의 비아냥거림에 몹시 화가 났지만 힐러리는 그의 눈을 똑바로 쳐다보며 차분하게 말했다. 그러자 그는 우스갯소리라도 들은 것처럼 큰 소리로 웃기 시작했다.

"하하하하! 진짜 웃긴다. 정말로 그렇게 생각하고 있을 줄이야. 힐러리, 너 똑똑한 줄 알았는데 생각보다 굉장히 멍청하구나? 너 그게 말이 된다고 생각해?"

그 모욕적인 말을 듣는 순간 힐러리는 머리 속이 뜨거워지는 것 같았다. 하지만 뜨거워진 건 머리 속이 아니라 새빨갛게 굳어버린 그녀의 얼굴이었다. 그 길로 집으로 돌아온 힐러리는 자기 방으로 들어가 방문을 잠갔다. 그리고 이불을 뒤집어쓰고 그동안 꾹꾹 눌러 참았던 울음을 터뜨렸다.

사실 힐러리는 선거운동 기간 내내 울고 싶었다. 하지만 남들 앞에서 눈물을 보이는 건 그녀의 자존심이 허락하지 않았다. 경쟁자들의 비열한 선동과 그에 동조한 남학생들이 힐러리를 향해 야유를 퍼부을 때마다 눈물을 삼키며 일부러 고개를 꼿꼿이 들고 더 당당한 표정을 지었다. 분노와 모욕감으로 가슴속이 들끓을 때면 더 환한 미소를 지으며 학생들에게 다가갔다. 그러면 학생들이 자신의 진심을 알아줄 거라고 생각했다.

힐러리가 진심으로 분노를 느낀 대상은 비열한 짓을 일삼던 경쟁자들이 아니었다. 비록 비열하고 치졸한 수법이지만 흑색선전이나 모략 같은 것도 선거전략의 하나라고 생각하면 충분히 이해할 수 있었다. 문제는 거기에 넘어가는 대다수의 사람들이었다. 힐러리는 자신이 여자라는 이유로 경쟁자들과 함께 야유를 보내던 남학생들에게 화가 났다. 그들의 여자에 대한 저급하고 폭력적인 인식에 분노했다. 그런데 그것은 같은 남자들이니까 그럴 수 있다고 넘어갈 수 있었다. 힐러리가 도저히 이해할 수 없었던 것은 여학생들의 태도였다.

여학생들 중에 남학생 후보들의 비열한 선동에 동조하는 사람들이 꽤 있었다. 그녀들은 남자가 학생회장을 하는 게 당연하다고 생각했다. 왜 여자가 굳이 학생회장을 하려고 나서는지 이해할 수 없다며 뒤에서 힐러리를 비난하기도 했다. 하지만 다행히도 대다수의 여학생은 이런 고리타분한 생각을 가지지 않았다. 힐러리를 적극적으로 지지하는 건 아니지만 그렇다고 여자가 학생회장 선거에 나오는 게 잘못된 거라고 생각하지도 않았다. 그녀들은 남학생 후보들이 힐러리를 여자라는 이유로 공격하는 건 잘못되었다고 뒤에서 수군거렸다. 그러나 자기들끼리 수군거리기만 할 뿐, 아무도 나서서 그것이 잘못된 거라고 말하지는 않았다.

힐러리는 여학생들의 그런 태도에 상처를 받았다. 같은 여자이면서, 여자라는 이유로 공격받는 것에 아무도 대항하지 않는 것이 이해되지 않았다. 그것은 힐러리만을 위한 게 아니었다. 결국엔 자기 자신을 위한 것일 텐데도, 그녀들은 자신의 일이 아닌 것처럼 방관자처럼 구경만 했다. 힐러리는 여학생들의 태도가 비겁하다고 생각했다.

하지만 힐러리는 자신 역시 비겁했다는 걸 깨달았다. 경쟁자들이 성 대결을 벌이며 비열한 선동을 할 때 그것은 잘못된 거라고 당당하게 맞서지 못했다. 그때는 맞대응을 하지 않는 것이 선거전략이었고 옳은 일이라고 생각했지만 힐러리는 아주 중요한 걸 놓치고 있었다. 자기가 아무리 옳다고 하더라도 불의에 항거하지 않고 가만히 있으면 달라지는 것은 아무것도 없다는 사실이었다.

잘못된 것에 항거하지 않고 침묵하고 있으면 그것을 인정하는 것이나 마찬가지가 될 수 있다. 침묵으로 얻을 수 있는 것은 아무것도 없다. 부당한 처사나 비난을 받았을 때 적절한 행동을 취하지 않는 것은 옳은 행동이 아니라 비겁하고 나약한 태도라는 것을 힐러리는 깨달았다.

만약 공격의 대상인 힐러리가 당당하게 맞섰더라면 같은 생각을 가진 여학생들도 용기를 내었을 것이다. 하지만 당사자가 가만히 있는 상황에서 아무리 그들의 공격이 부당하다고 생각해도 먼저 나서기는 힘들었을 것이다.

사람들은 백마 탄 왕자님이 나타나서 자신을 구해주기를 기대한다. 하지만 그것은 시간을 낭비하는 헛된 기대일 뿐이다. 결국 자신의 일은 자신의 힘으로 해결할 수밖에 없다. 힐러리는 학생회장 선거를 경험하면서 이런 깨달음을 얻었다.

선거 때 받은 상처가
여자대학을 선택하게 했어

학생회장 선거를 통해 좋은 깨달음은 얻었지만 남녀차별을 겪으며 위축된 마음은 쉽게 회복되지 않았다. 사실 힐러리는 태어나서 처음 겪어본 지독한 경험이었다.

힐러리는 여자라는 이유로 차별을 받은 적이 없었다. 열두 살 때 NASA로부터 여자는 우주비행사가 될 수 없다는 편지를 받고 낙담한 적은 있지만, 크게 실망하지는 않았다. 그때 힐러리는 우주비행사들은 우주에서 활동해야 하기 때문에 힘이 센 남자가 더 적합할 거라고 받아들였다. 즉 여자라는 존재 자체가 아니라 필요에 의한 거부라고 가볍게 생각한 것이다.

힐러리의 아버지는 자식들에게 엄격하고 인색했지만 한 번도 힐러리가 여자아이라는 이유로 어떤 제약을 가한 적은 없었다. 어쩌면 아들과 똑같이 키웠다고 해야 맞을 것이다.

힐러리는 부모로부터 딸이라서, 또 여자이기 때문에 차별을 받아본 적이 없었다. 그렇기에 학생회장 선거를 치르면서 자신이 여자라서 제약을 받고 사람들에게 거부당할 수 있다는 사실이 큰 상처가 되었다.

그 상처는 대학을 선택하는 데도 장애가 되었다. 어느 대학에 가서 무엇을 전공해야 할지 갈피가 잡히지 않았다. 진학 상담교사와 상담을 했지만 대학의 홍보자료만 잔뜩 쥐여줄 뿐 별로 도움이 되지 않았다. 실망한 힐러리는 학교에서 정치를 가르치고 있는 여자 선생님을 찾아가서 조언을 구했다.

"선생님, 어떤 대학에 가야 할지 고민이에요. 무엇을 공부해야 할지도 모르겠고요."

"힐러리, 선생님 생각엔 네가 여대를 가는 게 좋을 것 같은데. 동부의 스미스여대나 웰즐리여대는 어떠니?"

"여학생만 있는 여자대학이요?"

힐러리는 여대 진학에 대해선 한 번도 생각해본 적이 없었다. 그것도 집을 떠나 멀리 가야 하는 대학은 전혀 고려하지 않고 있었다.

"그래, 여대라면 남자아이들과 경쟁할 필요도 없고, 여자라는 이유로 학생회장 선거에서 떨어질 일도 없을 거야. 여자들끼리 실력으로 당당하게 겨루는 거지."

선생님은 학생회장 선거를 지켜보면서 힐러리가 많은 상처를 받은 것을 알고 있었다. 평소에 힐러리가 얼마나 야무지고 당찬 아이인지 잘 알고 있었기에 더욱 안타까웠다. 당시 1960년대엔 남녀차별이 당연한 일이었고, 남자보다 똑똑하고 잘난 여자일수록 불이익을 받는 경우가 많았다. 그런 사회적 분위기를 잘 알았기에 선생님은 힐러리가 남자들과 힘들게 경쟁하기보다 여대에 가서 실력을 쌓는 데 집중하기를 바랐다.

선생님의 조언을 듣고 보니 힐러리도 여대에 가는 것이 현명한 선택일 수 있겠다는 생각이 들었다. 남녀공학이라면 과외활동의 리더 자리를 대부분 남학생들이 차지하겠지만 여학교라면 학생회나 신문사, 동아리의 리더가 모두 여자가 될 수 있었다. 또한 여자대학에 가면 남학생들을 신경 쓰지 않고 학업과 과외활동에 전념할 수 있을 것이고, 남자들 앞에서 내숭을 떨 필요도 없고, 답을 알고 있으면서도 침묵할 필요도 없을 것이었다. 힐러리는 여대에 가서 자신의 역량을 마음껏 펼쳐보기로 결심했다.

힐러리는 부모님의 허락을 받고 스미스와 웰즐리여대에 지원을 해서 모두 합격했다. 두 학교 다 너무 멀리 있었던 터라 직접 가볼 수 없어 사진을 보고 결정하기로 했다. 그리고 힐러리는 아름다운 와반 호수가 있는 웰즐리여대로 가기로 마음을 정했다.

정치의식이
만들어졌어

여자대학 분위기가
적성에 맞지 않았어

1965년 가을, 힐러리는 부푼 꿈을 안고 웰즐리여대에 입학했다. 하지만 현실은 그녀가 기대했던 것과 다른 점이 너무 많았다. 남학생들과의 치열한 경쟁은 없었지만, 그 대신 지금까지 그녀가 살아왔던 세계와는 전혀 다른 세상을 마주해야 했다.

보수적인 웰즐리여대의 일상은 전통과 엄격한 규율로 꽉 짜여 있었다. 1,800여 명에 달하는 여학생들은 저녁을 먹으러 갈 때 꼭 치마를 입어야 했다. 매주 열리는 애프터눈 티 행사나 시내 외출 시에는 장갑을 착용하도록 했고, 청바지는 금지였다. 신입생은 녹색 비니 모자를 써야 하고, 기초 운동(Fundamentals of Movement)이라는 체육 수업을 의무적으로 들어야 했다. 이 수업의 목적은 자세를 바르게 하는 법과 자동차에 우아하게 타고 내리는 법 등을 배우는 것이었다. 한 마디로 웰즐리여대의 교육 목표는 세련된 숙녀, 정숙한 현모양처를 양성하는 것이었다.

당시 대다수의 젊은 여성이 대학에 다니는 목적은 좋은 남편을 만나기 위해서였다. 여성의 사회진출이 쉽지 않았고, 설령 대학을 졸업하고 자신의 일을 가지더라도 결혼과 함께 포기해야 했기 때문에 많은 여학생이 자기 인생의 주인공이 되기보다 좋은 남자의 반려자가 되기를 원했다. 그런 점에서 보자면 웰즐리여대의 교육 목표는 사회 분위기에 부합되는 것이었다.

하지만 어렸을 때부터 자기 인생의 주인공이 되기 위해

노력하는 삶을 살아야 한다고 교육받아온 힐러리에겐 받아들이기 힘든 교육이었다. 자신은 훌륭한 숙녀가 되기 위해 이 학교에 온 것이 아닌데 왜 이런 교육을 받아야 하는지 혼란스럽기만 했다. 여기에 힐러리의 혼란은 가중시킨 건 같이 입학한 동급생들이었다.

웰즐리여대의 학생들 대다수는 보수적인 중서부 출신의 부잣집 자녀였다. 상위 1% 안에 드는 특권층의 자녀들이 다니기로 유명한 사립 고등학교 출신이 대부분이었다. 힐러리처럼 평범한 중산층 출신에다 공립 고등학교를 졸업한 학생은 별로 없었다. 게다가 그들은 해외에서 거주한 경험이 있어 외국어를 잘했고, 악기나 그림 같은 특기를 하나씩 가지고 있었다. 해외여행이라곤 캐나다에 딱 한 번 가본 게 전부이고, 외국어는 고등학교 때 배운 초급 수준의 라틴어밖에 할 줄 몰랐던 힐러리와는 여러 면에서 수준 차이가 났다.

출신의 차이는 생활적인 면에서 크게 나타났다. 상류층 가정에서 자란 그들에게는 힐러리에게서 찾아볼 수 없는 우아하고 세련된 면이 있었다. 그들은 어렸을 때부터 옷차림부터 걸음걸이, 테이블 매너 등 에티켓에 관한 교육을 받으며 자랐다. 그래서 학교에서 요구하는 세련된 숙녀가 되기 위한 교육과정에 전혀 어려움을 느끼지 않았으며 까다로운 규칙에도 별로 저항감이 없었다. 하지만 화장을 해본 적도 없고, 늘 청바지에 스웨터 차림으로 살아온 힐러리에겐 얌전한 치마를 입고 조신하게 걸어야 하는 것 자체가 너무나 힘든 일이었다. 숙녀로 살아온 그녀들과 비교하자면 어렸을 때부터 남자아이들과 어울려 놀고 경쟁하며 독립적으로 살아온 힐러리는 거칠고 무식해 보일 정도였다.

학업보다는 선배들의 전례에 따라 '봄까지 결혼반지 끼기'를 목표로 좋은 남편감을 만나는 데만 관심이 있는 동기들을 보며 힐러리의 혼란과 갈등은 점점 커져갔다. 고민을 터놓을 친구라도 있다면 덜했을 텐데 입학한 지 한 달도 안 되었기 때문에 마음을 나눌 사람이 아무도 없었다. 힐러리는 자신과 살아온 환경이 다르고 삶에 대한 가치와 목표도 다른 사람들 속에서 위축되고 고립감을 느꼈다. 게다가 수강 신청을 한 과목이 너무 어려워서 수업을 따라가기 힘든 것도 힐러리의 자신감을 꺾어버렸다. 잠시나마 의사가 될 생각을 했던 힐러리는 수학과 지질학 강의를 들으며 그 꿈을 완전히 접어버렸다.

웰즐리의 모든 것들은 힐러리의 의지를 나약하게 만들고 자신감을 깎아 먹고 있었다. 여기에서 잘해낼 수 있을지 자신이 없었다. 자꾸 잘못된 선택을 했다는 후회만 들었고 이곳에서 빨리 도망치고 싶다는 마음뿐이었다. 그래서 대학에 들어온 지 한 달이 지났을 때 힐러리는 집에 전화를 걸었다. 그리고 부모님께 자신의 고민과 어려움을 솔직하게 털어놓았다.

"아빠, 저는 웰즐리에 다닐 만큼 똑똑한 아이가 아닌 것 같아요."

철이 든 이후로 힐러리가 부모님에게 나약한 모습을 보인 것은 처음이었다. 그것을 잘 알기에 늘 자식들에게 완벽을 요구했던 완고한 아버지도 집으로 돌아오고 싶다는 힐러리의 뜻에 반대하지 않았다. 그런데 힐러리의 마음을 이해해줄 것 같았던 어머니가 뜻밖에도 단호하게 반대를 하고 나섰다.

"힐러리! 내가 자퇴생이나 되라고 지금까지 널 힘들게 키운 줄 아니? 겨우 한 달 경험한 것 가지고 왜 모든 걸 포기하려는 거지?"

"하지만 엄마… 여긴 내가 생각했던 것과 너무 달라요."

힐러리의 나약한 대답에 어머니의 말투가 더욱 단호해졌다.

"이 세상에 네 생각대로인 곳은 그 어디에도 없어. 네가 생각한 대로 만들어가는 것밖에. 무슨 말인지 알겠니, 힐러리?"

어머니의 따끔한 질책에 힐러리는 정신이 번쩍 들었다. 그리고 어떤 핑계를 대던 지금 자신이 하려는 짓은 나약한 모습으로 비겁하게 도망치려는 것밖에 안 된다는 걸 깨달았다.

"힐러리야, 네 마음의 수평기가 어떤 상태인지 한 번 보렴. 혹시 기표가 한쪽으로 기울어져 있는지. 그럴 땐 엄마가 어떻게 하라고 했지?"

"기표가 중앙에 오도록 마음의 평정을 유지하라고요."

어머니는 늘 힐러리에게 마음을 평정을 잃지 말라고 가르쳤다. 면이 평평하면 수평기(면이 평평한지 그렇지 않은지를 재거나 기울기를 조사하는 데 쓰는 기구)의 기표가 정중앙에 오듯이 늘 마음의 수평을 유지하도록 노력하라고 말했다.

어머니의 그 말은 힐러리에게 깊은 인상을 주었다. 그래서 화가 나거나 마음이 흔들릴 때마다 어머니의 말을 떠올리며 마음속의 수평기를 상상했다. 수평기의 기표가 중앙에 오는 데 집중하고 있으면 어느 순간 거짓말처럼 들끓던 감정들이 가라앉고 마음에 평화가 찾아왔다.

처음엔 보수적인
정치의식을 갖고 있었지

힐러리는 어머니의 충고대로 나약한 마음은 버리고 다시 부딪혀보기로 결심했다. 학교의 교육방침은 여전히 마음에 안 들지만 일단은 충실하기로 했다. 무조건 거부하기보다 일단 해보면 자신의 선입견인지 아닌지, 문제가 있다면 어떤 것인지 확실하게 알 수 있을 거라는 생각이 들었다. 문제가 있다면 잊지 않고 나중에 고치려고 노력하면 되는 것이다.

힐러리는 열린 마음을 가지고 자신에게 주어진 낯선 세계를 수용하기 위해 노력했다. 그 노력 덕분에 힐러리는 곧 자기 페이스를 되찾기 시작했다. 학교 공부도 열심히 하고, 주말에는 하버드나 예일대에 다니는 남학생들과 어울리기도 했다. 그리고 정치적 소신대로 청년 공화당원의 모임인 '웰즐리 청년 공화당 동아리'에도 가입했다. 2학기 땐 회장을 맡을 정도로 적극적으로 활동했다.

힐러리는 열렬한 공화당 지지자인 아버지의 영향으로 어렸을 때부터 공화당을 지지했다. 어느 정도냐면 힐러리가 열세 살인 1960년의 대통령 선거 때 민주당의 상원의원인 존 케네디^{John F. Kennedy}에게 공화당 부통령이었던 리처드 닉슨^{Richard Nixon}이 진 이유가 부정선거 때문이라고 생각하고 증거를 잡기 위해 직접 뛰어다닐 정도였다. 학창시절 내내 공화당의 청소년 당원으로 활동했고, 1964년 대통령 선거 땐 공화당 후보인 베리 골드워터 상원의원의 선거운동을 돕기도 했다. 힐러리는 '골드워터 걸(Goldwater Girl)'이라고 쓰인 어깨띠를 두르고 금과 물의 화학 기호를 합친 'AuH2O'라는 슬로건이 적힌 밀짚모자를 쓰고 골드워터의 지지를 호소했다.

힐러리가 어깨띠까지 두르고 선거운동에 나서게 된 것은 메인 이스트 고등학교에서 역사를 가르치던 폴 칼슨 Paul Carlson 선생님의 영향 때문이었다. 교과서에 나오지 않는 역사적 사건의 비하인드 스토리부터 역사적인 인물들의 개인사까지 재미있게 말해주는 칼슨 선생님의 수업에 힐러리는 푹 빠져 있었다. 칼슨 선생님 역시 초롱초롱한 눈빛으로 자신의 수업을 열심히 듣는 힐러리를 예뻐했다. 무엇보다 칼슨 선생님과 힐러리가 가까워진 것은 둘 다 확고한 반공주의자이며 공화당 지지자라는 점이었다. 칼슨 선생님은 학생들에게 공산주의의 무서움을 알려주기 위해 소련에서 온 난민을 데려와 자신들이 겪은 이야기를 들려주게 할 정도로 확고한 반공의식을 가지고 있었다.

칼슨 선생님은 힐러리에게 당시 상원의원이었던 베리 골드워터Barry Goldwater가 쓴 《어느 보수주의자의 양심》이라는 책을 읽어보기를 권했다. 1960년대 보수주의자라면 누구나 꼭 읽어야 하는 필독서였다.

책에서 골드워터는 '동성애자와 흑인, 멕시코인들을 두고 떠들지 마라. 자유 시민은 자기가 원하는 대로 할 권리가 있다. 그건 그들이 결정할 사안이고, 내가 관여할 바가 아니다.'라고 주장했다. 힐러리는 골드워터가 정치적 대세를 따르지 않고 개인의 권리를 옹호하는 개인주의자라는 데 깊은 인상을 받았다. 그래서 학기말 과제로 '미국 보수주의 운동'을 주제로 한 리포트를 쓰기도 했다.

반전운동이 옳았기에
그동안의 보수 성향을 버렸어

아버지의 영향으로 공화당 지지자였던 힐러리는 베트남전쟁 때문에 정치의식에 변화가 일어나기 시작했다. 당시 미국은 베트남 전쟁에 대한 치열한 의견대립으로 무척 혼란스러운 시기였다.

베트남전은 1955년 11월에 발발한 남베트남과 북베트남 간의 내전이었다. 그런데 장기전이 되면서 자본주의 진영과 공산주의 진영의 대리전으로 발전할 위험이 있었다. 다행히 확전에 반대해온 케네디가 대통령에 당선되면서 미국은 베트남전에 참전하지 않았다. 하지만 1963년 11월에 케네디 대통령이 암살되고, 대통령직을 이어받은 린든 존슨이 대통령직에 오르면서 분위기가 달라졌다. 결국 1964년 통킹만 사건을 빌미로 미국은 베트남전에 뛰어들게 되었다. 그리고 그때부터 미국은 반전운동으로 들끓기 시작했다.

미국 사회를 휩쓸고 있는 반전운동의 열풍을 웰즐리여대도 피해갈 수 없었다. 군대에 가야 하는 남자들보단 영향을 덜 받기는 했지만 여학생들 역시 전쟁의 어두운 그림자에서 자유로울 수 없었다.

학생들은 모이기만 하면 베트남전에 대한 토론을 했고,

결론은 늘 반전으로 끝났다. 힐러리 역시 베트남 전쟁에 반대하는 입장이었다. 미국의 베트남 참전을 지지하는 공화당의 당원이지만 힐러리는 아무리 생각에도 전쟁에 찬성할 수 없었다.

힐러리는 이 문제로 깊은 고민에 빠졌다. 베트남전을 반대하는 입장이 되면서 점점 공화당의 정책에 회의를 느끼게 되었기 때문이다. 그렇다고 당장 정치적 신념을 바꾸고 공화낭에 대한 지지를 거두기도 힘들었다. 오랫동안 지켜왔던 신념을 자신과 맞지 않는 몇 가지 때문에 바꾸는 건 힐러리처럼 신중한 성격을 가진 사람에겐 어려운 일이었기 때문이다. 그래서 힐러리는 이런 고민을 겪으며 자신을 이끌어준 존스 목사에게 '보수적인 마음과 진보적인 가슴이 하나가 될 수는 없을까요?'라는 내용의 편지를 썼다. 자신은 미국 시민권 운동에 찬성하면서 베트남 전쟁에는 반대하는데, 이런 상반된 입장을 가지고 계속 공화당 지지자로 남을 수 있을지에 대한 의문에 존스 목사의 의견을 듣고 싶었기 때문이다.

존스 목사는 폴 칼슨 선생만큼이나 힐러리의 가치관 형

성에 많은 영향을 준 인물이었다. 힐러리가 신학대학교를 갓 졸업한 돈 존스Don Jones 목사를 처음 만난 것은 열다섯 살 때 파크 리지(Park Ridge)에 있는 초대 감리교 교회에서였다. 힐러리의 집안에서 종교를 통한 영성은 생활의 가장 기본으로 여길 만큼 중요한 부분이었다. 그 영향으로 힐러리 역시 정치적인 부분만큼 종교적인 부분을 중요하게 여기게 되었다.

힐러리가 다니던 교회는 개인의 구원과 더불어 사회적 정의에 강한 신념을 가지고 시민권익 운동을 벌이고 있었다. 교회에선 '할 수 있는 모든 선을 행하라. 할 수 있는 모든 시간에, 할 수 있는 모든 이에게, 최대한 길게 말을 실천하라. 듣고만 있지 말고.'라고 가르쳤다. 어렸을 때부터 주일학교와 성경학교에 다니며 청년부 활동을 해온 힐러리에게 교회의 가르침은 절대적인 것이었다. 그런 힐러리에게 붉은색 컨버터블 자동차를 타고 나타난 존스 목사는 당연히 많은 영향을 끼치는 존재였다.

팝 컬처나 예술, 현대적 사상을 기독교에 접목시키는 데 관심이 많은 존스 목사를 통해 힐러리는 엘리엇T. S. Elliot의

시를 읽고, 도스토옙스키$^{Fyodor\ Dostoevskii}$의 《카라마조프가의 형제들》을 탐독하고, 반 고흐$^{Vincent\ van\ Gogh}$의 〈별이 빛나는 밤에〉를 감상하게 되었다. 그때까지 예술과 문학에 큰 관심이 없었던 힐러리는 존스 목사의 영향으로 새로운 아름다움에 눈뜨기 시작했다.

그중에서 가장 인상 깊게 남은 것은 강력한 반전 메시지를 담고 있는 파블로 피카소$^{Pablo\ Picasso}$의 〈게르니카〉였다. 존스 목사는 피카소가 〈게르니카〉를 그리게 된 이유는 스페인 내전 당시 나치군의 폭격에 의해 희생된 게르니카 사람들의 참상을 알리기 위해서라고 설명해주었다. 그리고 학생들에게 이렇게 말했다.

"이렇게 비극적인 그림과 어울릴 만한 음악이 뭐가 있을까?"

존스 목사의 말을 듣고 힐러리의 머릿속에 떠오르는 건 우울한 장송곡밖에 없었다. 그때의 기억 때문인지 힐러리에게 전쟁은 죽음을 의미하는 장송곡과 같은 것이었다. 더구나 참전할 아무런 명분도 없는 미국이 다른 나라의 내전에 뛰어드는 것은 절대로 용납해서는 안 되는 일이었

1960년대 미국에서 벌어진 베트남전 반전운동. 당시 미국 전역에서 학생들을 포함해 많은 시민이 전쟁을 반대하는 시위를 벌였다. 반전운동은 힐러리의 정치의식이 보수에서 진보로 변화하는 계기가 되었다.

다. 아무리 고민해도 베트남 전쟁에 대한 입장을 바꿀 수 없다고 판단한 힐러리는 자신이 더 이상 공화당 당원으로 있을 수 없다는 결론을 내렸다. 그래서 웰즐리 청년 공화 당원 모임의 의장 자리를 친구에게 넘기고 탈퇴해버렸다. 그렇다고 민주당을 지지하기로 결정한 건 아니었다. 힐러리는 조금 더 시간을 가지고 자신의 정치적 신념과 가치관을 재정립해보기로 했다.

세상을 변화시킬 방법을 찾고 싶어

정치학을
공부해야겠어

반전에 대한 의식은 힐러리에게 정치적 입장의 변화뿐만 아니라 미래를 결정하는 데도 큰 영향을 미쳤다. 어렸을 때부터 정치에 관심이 많았지만, 정치가 국민 개개인의 일상과 미래에 얼마나 큰 영향을 주는지는 실감하지 못했다. 하지만 베트남 전쟁이 가져온 혼란과 불안을 경험하

며 정치인들의 결정이 개인의 삶을 송두리째 바꿔버릴 정
도로 중요하다는 걸 깨달았다. 그 깨달음은 곧 정치의 본
질에 대한 고민으로 이어졌다.

국민을 위한 좋은 정치가 어떤 것인지, 그런 정치를 하
기 위해서 무엇을 해야 하는지 진심으로 알고 싶어졌다.
많은 고민 끝에 힐러리는 정치학을 공부하기로 결정했다.
정치인이 되겠다고 결심한 건 아니었지만, 정치와 관련된
일이 자기가 잘할 수 있는 일이라는 생각이 들었기 때문
이다.

입학 초기의 혼란을 극복한 힐러리는 곧 본래의 자신
으로 돌아와 적극적으로 학교생활에 임했다. 1학년 때부
터 '웰즐리 청년 공화당 모임'에 가입해 활발한 활동을 벌
였고, 베트남전 반대 운동에도 적극적으로 참여했다. 2학
년 때는 학생회 임원과 과대표로 활동하면서 학내 문제에
많은 관심을 기울였다. 특히 힐러리가 중요하게 생각하는
문제는 지나치게 높은 필수 과목 비중과 다 큰 성인들을
어린아이 취급하는 학교의 까다로운 교칙이었다.

웰즐리는 학생들의 학업 능력을 높이려고 졸업학점을 얻기 위해 꼭 이수해야 하는 필수 과목의 비중이 다른 대학보다 많은 편이었다. 그래서 학생들은 듣고 싶은 과목이 있어도 필수 과목 공부에 더 치중할 수밖에 없었다.

힐러리는 웰즐리의 학점제가 학문의 자유를 추구해야 할 대학의 본분에 반하고, 학생들이 다양한 수업을 들을 수 있는 권리를 침해하고 있다고 생각했다. 그래서 이 문제에 관한 집회에 참석해서 발표자로 나섰다. 힐러리는 400여 명의 학생들 앞에서 이렇게 말했다.

"우리가 이 문제를 해결하기 원한다면, 졸업하기 전에 변화를 이끌어낼 수 있습니다."

하지만 집회만으로 학생들이 원하는 변화를 이끌어낼 수 없다는 걸 힐러리는 잘 알고 있었다. 학교의 제도를 바꾸기 위해선 실질적인 힘과 지위가 필요했다. 그래서 힐러리는 3학년이 되자 학생회장 선거에 출마했다. 필수 과목 완화와 부모님 대신 감시자 노릇을 하려는 억압적인 교칙 철폐 등 다양한 공약을 내걸었다. 힐러리의 공약은 많은 학생의 지지를 얻었고, 시대에 뒤떨어진 억압적인 교칙에 반대하는 신입생들의 열광적인 환영을 받았다.

학생들의 요구를 담은 공약과 기발한 선거운동 전략으로 힐러리는 선거에서 이겼다. 드디어 웰즐리의 학생들을 대표하는 학생회장 자리를 거머쥔 것이다. 힐러리는 너무 기뻐서 두 주먹을 쥐고 환호성을 질렀다. 그리고 그때 고등학교 때 학생회장 선거를 치르며 여자라는 이유로 온갖 모욕을 당했던 일이 떠올랐다. 그 일로 힐러리는 여자라는 이유로 불이익을 받지 않을 웰즐리여대를 택했고, 그 선택을 하면서 가졌던 많은 목표 중 가장 중요한 것을 이루어냈다.

남자들이 없는 여자들만의 경쟁이라고 해서 결코 쉬운 건 아니었다. 힐러리처럼 자기 인생의 주인공으로 살려는 똑똑하고 야심에 찬 여학생들과의 경쟁은 더 치열했다. 그렇기에 그 승리는 값지고 기쁜 것이었다.

하지만 힐러리는 그 기쁨에 도취되어서는 안 된다는 걸 잘 알고 있었다. 학생회장이란 자리는 승리의 기쁨만 누리기엔 해야 할 일들이 너무 많았다. 우선 자신이 약속한 공약들을 실천해야 했다. 이 일은 학생들의 복지를 높이는 단순한 일이 아니었다. 전통을 중요시하고 완고하고 보수적인 웰즐리의 가치관을 바꾸는 어려운 일이었다.

힐러리는 학생회장으로서 명분과 논리를 가지고 끈질기게 학교 당국과 논쟁하고 대화했다. 그런 끈질긴 노력 덕분에 웰즐리대학의 억압적인 교칙을 철폐하였고, 필수 과목 비중도 완화시켰다. 또한 대학의 사회봉사 차원에서 대학 진학을 준비하는 저소득 계층 고교생들을 돕기 위해 여름학기에 '업워드 바운드(Upward bound)' 프로그램을 실현시키기 위해 노력했다.

마틴 루서 킹 목사의 죽음이
전환점이었어

힐러리는 학내 문제에만 집중할 수 없었다. 당시 사회운동에서 학생운동의 역할이 매우 컸고, 베트남전으로 인해 사회문제에 학생들의 관심과 참여가 높았다. 그래서 각 대학의 학생회장들에게 학내문제보다 사회문제에 대한 입장과 참여가 더 중요시되고 있었다.

특히 1968년은 격동의 한 해라고 할 정도로 중요한 사건들이 계속 일어났다. 중대한 사건의 연속 속에서 힐러리는 개인의 신분이 아니라 웰즐리여대의 학생회장이란 위치에서 학생들의 참여를 이끌어내고 좀 더 책임감을 가지고 임해야 했다.

2학년 때부터 공화당 지지자인 자신의 정치관에 대해 고민하던 힐러리는 3학년에 올라가면서 골드워터에 대한 지지를 완전히 접어버렸다. 그리고 대통령 예비 선거에서 존슨 대통령의 경쟁자였던 민주당의 유진 매카시 상원의원의 지지자로 돌아섰다. 힐러리는 당시 반전운동의 핵심에 있던 매카시 의원의 선거운동을 돕기 위해 웰즐리에서 뉴햄프셔 주의 맨체스터까지 그의 메시지를 전하기 위해 돌아다녔다.

그런데 대학 3학년이 거의 끝나갈 무렵인 1968년 4월 4일, 마틴 루서 킹 목사가 멤피스(Memphis)에서 암살되는 끔찍한 일이 벌어졌다. 이 소식을 듣고 힐러리는 너무나 큰 충격에 빠졌다. 기숙사 방에 들어가자마자 가방을 벽에 집어 던지며 소리를 지르며 울부짖었다.

"더 이상 참을 수 없어. 어떻게 이런 일이 일어날 수 있는 거지?"

친구들이 당황할 정도로 힐러리는 이성을 잃고 분노하고 슬퍼했다. 어떤 상황에서도 마음의 평정을 잃지 않았던 힐러리였지만, 마틴 루서 킹 목사의 암살 소식은 마음의 수평기를 산산조각낼 정도로 충격적인 일이었다.

사실 힐러리는 1962년 4월에 킹 목사를 만난 적이 있었다. 존스 목사는 힐러리에게 민권운동에 대해 알려주기 위해 시카고의 오케스트라 홀에서 열리는 마틴 루서 킹 목사의 강연회에 데려갔다. 강연 제목은 '혁명이 진행되는 동안 줄곧 깨어 있으라'였다. 킹 목사의 강연회를 통해 힐러리는 대다수의 흑인들이 식당에서 밥을 먹을 수 없고, 아무 곳에서나 쇼핑을 할 수도 없으며, 호텔에서 잠을 자거나 백인이 쓰는 수돗가에서 같은 물을 마실 수 없다는 사실을 처음 알게 되었다. 파크 리지에서 중산층 가정의 백인들 사이에서만 자라온 힐러리에겐 너무나 끔찍하고 충격적인 일이었다.

그녀는 자라는 동안 백인 사회 바깥세상에서 사는 소외된 사람들의 삶을 가까이에서 보거나 그들의 심정을 공감할 기회가 전혀 없었다. 그래서 피부 색깔이 다르다는 이유 하나로 사람을 차별하고 비인간적인 폭력을 행사하고 있다는 걸 몰랐다.

힐러리는 마틴 루서 킹 목사를 통해 자신이 보지 못하는 곳에서 인종차별 같은 끔찍한 일들이 일어나고 있다는 걸 처음 알게 되었다. 그리고 인종차별처럼 국적, 경제적 차이, 성별 등을 이유로 일어나는 수많은 차별을 바로잡기 위해 마틴 루서 킹 목사처럼 싸우고 있는 사람도 있다는 걸 알게 되었다.

그날 연설에서 마틴 루서 킹 목사는 마지막에 이렇게 말했다.

"허영은 그것이 인기가 많은지 묻습니다. 하지만 양심은 그것이 옳은 것인지를 묻습니다."

그 말을 듣는 순간 힐러리는 전율을 느꼈다. 지금까지 한 번도 생각해보지 못한 화두였다. 사람들은 언제나 경

1963년 8월 28일, 미국 링컨 기념관에서 연설하고 있는 마틴 루서 킹 목사. 그는 이날 '나에게는 꿈이 있습니다.'라는 연설로 흑인 인종차별에 대한 경종을 울렸다. 마틴 루서 킹 목사는 힐러리가 인생의 방향을 정하는 데 큰 영향을 준 인물이었다.

쟁에서 이기고, 남보다 성공하는 것에 대해서만 말했다. 남에게 지고는 못 사는 승부욕 강한 힐러리 역시 이기는 것만을 중요하게 여겼다. 그런데 마틴 루서 킹 목사를 통해 이기는 것보다 더 중요한 것은 옳은 일을 하는 것이라는 걸 처음으로 배우게 되었다.

그 후로 힐러리는 어떤 사안을 볼 때 '그것이 이익이 되는가?'보다 '그것이 옳은가?'라는 생각을 먼저 하게 되었다. 그리고 흑인 인권운동에 관심을 가지게 되면서 인종차별뿐만 아니라 소수인종 차별이나 여성차별, 아동학대와 노동 등 수많은 사람이 부당한 대우를 받고 학대당하고 있다는 걸 알게 되었다.

그래서 마틴 루서 킹 목사의 암살은 힐러리에겐 흑인 인권운동가의 죽음이 아니라 자신의 영웅이자 스승의 죽음과 같았다. 다음 날, 분노한 힐러리는 보스턴에서 열리는 마틴 루서 킹 목사의 애도 행진에 참가했고, 슬픔을 상징하는 검은 리본을 달았다. 미국 몇몇 도시에서 폭동이 일어날 정도로 마틴 루서 킹 목사의 죽음으로 인해 저항의 물결이 더욱 거세어졌다. 그 물결은 웰즐리의 학내 문제에도 영향을 끼쳤다.

국회사무소에서
인턴을 해봤어

학생들은 암살 사건을 계기로 학교 측에 흑인 교수와 학생들을 더 많이 뽑아야 한다고 요구했다. 그리고 이 요구를 들어주지 않으면 단식투쟁을 하거나 교문을 폐쇄해버리겠다고 위협했다.

반전문제에다 인종문제까지 겹쳐지면서 학생들과 학교 당국 간의 대립은 점점 격화되어 갔다. 학교 곳곳에서 충돌이 일어나고 학교 예배당에서 열린 협상 테이블은 늘 대화가 아니라 고함과 비난으로 끝이 났다.

힐러리는 학생들의 의견을 지지했다. 하지만 목적을 달성하기 위해 폭력적인 방법을 쓰는 것에는 동의하지 않았다. 폭력적인 방법은 나쁜 것일 뿐만 아니라 목적을 달성하는 데도 비효율적이라고 생각했기 때문이다. 힐러리는 학생회장으로서 학생, 교수, 학교 당국 간의 협상을 주도하며 중재자로 나섰다. 그리고 매주 학교의 수장인 루스 애덤스^{Ruth Adams} 학장과 면담을 했다. 다른 학생들이 벽을 부수며 자신들의 요구를 강요하는 것과 달리 힐러리는 협상하고 협의하고자 하는 의지를 보였다. 루스 애덤스 학장은 진보적인 가치관을 가졌지만 급진적이지 않은 힐러리의 태도에 호감을 가졌다. 접점을 찾지 못하고 감정적인 충돌만 반복하던 학생들과 학교 측은 힐러리의 끈질긴 중재로 조금씩 해결책을 찾아갔다. 결국 학생들의 요구를 받아들여 학교 측이 흑인 학생의 입학과 교수의 채용을 늘리는 것으로 문제를 마무리 지었다. 그리고 이때의 결정은 1970년대에 들어서 열매를 맺기 시작했다.

그런데 두 달 뒤인 1968년 6월 5일, 또다시 미국을 충격과 혼란에 빠뜨릴 비극적인 사건이 일어났다. 당시 대통령 예비 선거에서 가장 유력한 민주당 후보로 주목받던 로버트 F. 케네디가 팔레스타인 이민자의 총에 맞아 사망한 것이다. 방학을 맞아 집에 돌아와 있던 힐러리는 이 소식을 듣고 분노했다. 로버트 케네디의 암살은 선거에서 공화당에게 정권을 뺏긴 것과 같을 정도로 민주당 지지자들에겐 절망적인 소식이었다. 이제 민주당 지지로 돌아선 힐러리 역시 분노한 만큼 절망에 빠져버렸다.

그런 우울한 마음으로 힐러리는 9주 동안 정부기관과 국회사무소에서 인턴 경험을 하는 '웰즐리 워싱턴 인턴 프로그램'에 참가하기 위해 워싱턴으로 갔다. 그런데 힐러리는 의회의 공화당 의원 방으로 배정되었다. 이 문제로 힐러리는 담당교수인 앨런 셰흐터 교수에게 자신은 더 이상 공화당 지지자가 아니므로 민주당으로 바꿔달라고 항의했다. 그러나 셰흐터 교수는 공화당 지지자였던 힐러리가 정치적 신념을 바꾸기 전에 한 번 더 생각할 기회를 가지라며 그녀의 요구를 들어주지 않았다.

힐러리는 제럴드 포드Gerald Ford 원내 총무와 위스콘신 출신 멜빈 레어드Melvin Laird 하원의장 방의 인턴으로 배정되었다. 그녀의 주 업무는 여느 인턴들처럼 전화를 받는 일이었다. 제럴드 포드는 후에 미국 대통령에 당선되었고, 레어드는 닉슨 재임 시절 국방장관을 역임한 공화당의 거물 정치인이었다. 그곳에서 힐러리는 연설을 돕거나 성명서 쓰는 일을 하기도 했다.

무엇이 옳은지를
알게 되었어

그러던 어느 날, 베트남 전쟁에 대한 언쟁이 벌어졌다. 레어드 의원이 인턴들을 불러 놓고 미국의 베트남 참전을 정당화하며, 군 병력을 더 많이 투입해야 한다고 목소리를 높였다. 인턴들 대다수가 베트남전에 반대하는 입장이었기 때문에 레어드 의원의 주장을 불편한 얼굴로 꾹 참고 듣고만 있었다. 하지만 힐러리는 가만히 듣고만 있을 성격이 아니었다.

"아이젠하워 대통령은 미국이 아시아의 지상전에 개입하는 것을 경고했습니다. 저는 미국이 이 전쟁에서 승리할 수 있다고 믿는 이유가 무엇인지 모르겠습니다. 의원님께서는 어떤 근거로 이 전쟁에서 반드시 승리할 거라고 보시는 겁니까?"

　질문의 형식이었지만, 누가 들어도 힐러리의 말은 레어드 의원의 주장을 정면으로 반박하는 거였다. 그 자리에 있던 사람들은 당황한 표정으로 힐러리와 레어드 의원을 번갈아 바라봤다. 레어드 의원 역시 이 당돌한 여대생의 발언에 당황한 기색이 역력했다. 하지만 힐러리는 눈 하나 깜빡하지 않았다. 힐러리는 옳다고 믿는 것에 대한 확실한 소신이 있으면 언제 어디서나 자신의 생각을 드러내는 것에 주저함이 없었다. 결국 그날 후일 국방장관이 될 레어드 의원은 이 당돌한 여대생의 질문에 꽤 오랜 시간을 들여 답을 해주어야 했다.

　9주간 공화당 의원실에서 인턴으로 일했지만 민주당으로 기울어졌던 힐러리의 정치적 성향은 달라지지 않았다. 오히려 공화당에 반대하는 입장만 더 견고해졌다. 그래도 한 가지 보람은 있었다. 인턴으로 일하면서 공화당 지도부 의원들과 함께 사진을 찍은 적이 있는데, 공화당의 열혈 지지자인 아버지가 그 사진을 큰 자랑거리로 여긴 것이다. 이제 힐러리에겐 별 의미 없는 사진이지만 아버지

는 죽는 날까지 침실 벽에 그 사진을 걸어둘 정도로 자랑
스러워했다.

　웰즐리로 돌아간 뒤 힐러리는 심리학, 사회학, 경제학
수업을 신청하고, 자신의 가장 큰 관심사인 정치학 공부
에 집중했다. 그리고 졸업논문 준비를 시작했다. 힐러리
는 졸업논문 주제로 시카고 지역사회 조직가이자 활동가
인 사울 알린스키Saul Alinsky에 대헤 쓰기로 했다.

　그즈음 그녀는 사회 문제에 깊은 관심을 가지고 있었다.
특히 가난으로 고통받는 사람들이 다른 이의 도움에서 벗
어나 자립할 수 있는 방법에 관심이 많았다. 그래서 '지역
사회 활동 프로그램과 빈곤과 힘겹게 살아가는 지역사회
단체 조직'이라는 다소 거창한 주제를 택했다.

　힐러리는 우선 졸업논문을 쓰기 전에 1년 정도 시간을
들여 지역사회 활동 프로젝트를 충분히 경험해보기로 했
다. 자료들을 짜깁기해서 형식적으로 제출하는 졸업논문
이 아닌 평소에 고민해왔던 주제나 연구해보고 싶었던 과
제를 본격적으로 연구해서 쓰고 싶었기 때문이다.

힐러리는 시카고에서 알린스키를 만나 자신의 프로젝트와 관련해서 인터뷰를 했다. 알린스키는 대립을 통해 가난한 자들을 조직화하고 외부에서 힘을 주는 것으로 빈곤을 극복할 수 있다고 말했다. 힐러리는 그의 생각에 전반적으로 동의하면서도 힘을 주는 일이나 방법을 찾아주는 일만으로 가난이라는 역경을 해결하거나 진정한 평등에 이를 수는 없다고 생각했다. 빈곤을 해결하는 일은 그보다 더 복잡하며, 정부를 비롯한 다른 이들의 참여와 도움이 필요하다는 결론을 내렸다.

힐러리는 여러 지역사회의 활동들을 체험하고 분석하고 난 후에 논문 작성에 들어갔다. 92페이지에 걸친 논문에 자신의 현장 경험과 방대한 자료 검토를 바탕으로 삼고 거론한 문제점들을 해결하기 위해 장기적으로 나아가야 할 방향까지 제시했다.

1년여 동안의 노력과 풍부한 근거, 체계적인 논리와 주장이 담긴 힐러리의 논문은 네 명의 교수에게서 A를 받았다. 특히 셰흐터 교수는 자신이 웰즐리여대에서 7년 동안 가르친 학생 중에서 힐러리가 가장 출중하다는 극찬을 했다. 알린스키는 논문을 읽고 감명을 받아 힐러리에게 같이 일해보자는 제안을 하기도 했다.

로스쿨에
가기로 했어

졸업을 앞두고 힐러리는 중대한 결정을 했다. 졸업 후에 로스쿨에 진학하기로 한 것이다. 정치학을 공부하면서 힐러리는 정치를 하기 위해선 법을 알아야 한다는 걸 깨달았다. 법치주의 국가에서 모든 정치는 제도를 통해 구체화되고 실현되며, 그 제도를 만드는 기본 틀이 법이기 때문이다.

힐러리는 가난하고 소외당하는 사람들을 돕는 근본적인 방법은 그들을 위한 법과 제도를 만드는 거라고 생각했다. 기부나 봉사, 사람들의 자발적인 노력만으론 한계가 있었다. 인종차별을 금지하는 법이나 저소득층 아동들을 도울 수 있는 제도가 있다면 좀 더 근본적이고 안정적으로 이 문제를 해결해갈 수 있다고 생각했다. 그래서 힐러리는 변호사가 되기로 결심했다.

힐러리는 예일대와 하버드대에 원서를 넣었고, 두 곳에서 모두 합격통지서를 받았다. 그리고 미국 최고의 두 명문학교 중에서 어느 곳을 선택해야 할지 고민했다. 그때 친구의 초대로 하버드대학의 칵테일파티에 참석하게 되었다. 친구는 유명한 법대 교수에게 힐러리를 소개하면서 이렇게 말했다.

"교수님, 제 친구 힐러리입니다. 내년에 우리 학교로 올지, 아니면 우리와 라이벌인 대학에 등록할지 고민 중이랍니다."

그러자 그 교수는 힐러리를 아래위로 훑어보더니 거만하게 말했다.

"글쎄, 나는 우리 라이벌이라고 할 만한 학교가 없다고 생각하네만. 그리고 하버드에는 더 이상 여학생은 필요 없네."

하버드 교수의 오만한 말을 듣고 힐러리는 주저 없이 예일대를 선택했다. 그리고 힐러리는 예일대 로스쿨에서 인

생의 반려자가 될 빌 클린턴을 만났고, 정치활동의 기초
가 될 많은 경험을 했으며, 후원자이자 동지가 될 평생 친
구들을 얻었다.

4년간의 대학 생활이 마지막을 달려가고 있었다. 다들
각자의 의지와 노력에 따라 진로를 결정하고 졸업식만 남
겨둔 상태였다. 그때 졸업생들 사이에서 졸업식에서 학생

예일대학교 로스쿨. 힐러리는 이곳에서 평생의 동반자가 될 빌 클린턴과 친구들을 만났다.

대표가 연설을 해야 한다는 의견이 나오기 시작했다. 그런데 지금까지 웰즐리여대 역사상 학생이 연설을 한 적은 없었다. 학교 측에서 학생들의 의견을 들어주지 않을 게 뻔했다.

하지만 학생들은 이 격변의 시기에 어른들의 고리타분한 잔소리를 졸업연설로 들을 순 없다고 입을 모았다. 베트남 전쟁으로 인한 경제 위기와 정부의 잘못된 결정으로 야기된 혼란과 분열에 대해 대학생으로서 발언해야 할 책임과 필요가 있다고 결론을 내렸다. 힐러리 역시 이 의견에 동의했다. 그래서 루스 애덤스 학장을 찾아가 학생들의 의견을 전했다. 예상대로 학장은 전례가 없다는 이유로 난색을 표했다.

졸업연설 투쟁으로
학생들의 우상이 된 거야

학생들 역시 학장의 거부에 대해 크게 반발했다. 자신들의 의견을 들어주지 않으면 졸업식을 따로 열겠다고 엄포를 놓기도 했다. 졸업연설 문제로 학생들과 학교 측이 다시 대립하기 시작했는데 힐러리는 감정적으로 충돌해서 좋을 게 없다고 생각해 애덤스 학장의 집으로 다시 찾아갔다.

"학장님, 학생대표의 졸업연설을 반대하는 게 전례가 없다는 것 외에 다른 이유가 있나요?"

"그런 건 아니지만…. 힐러리 양, 웰즐리는 전통을 아주 중요하게 생각하는 학교예요."

"네, 알고 있습니다. 하지만 학장님, 과거의 것만 고수하는 것이 전통일까요? 시대의 흐름과 필요를 거부하고 과거의 것만 고수하다 보면 전통의 미덕은 사라지고 악습만 남을 수도 있다고 봅니다. 학장님, 저는 웰즐리의 전통이 아름답게 남겨지기 위해선 시대에 따른 약간의 변화가 필요하다고 봅니다."

힐러리의 논리 정연한 의견에 애덤스 학장은 수긍은 하면서도 곤혹스러운 표정을 지었다.

"그렇긴 한데 누가 연설할지도 모르는데…."

아마도 학장은 학생들의 과격한 정치적 발언에 대해 걱정하는 모양이었다. 힐러리는 학장의 고충을 눈치채고 이렇게 말했다.

"학장님, 그럼 제가 하면 괜찮겠습니까?"

그동안 학내 문제가 생길 때마다 힐러리가 학교 당국과 학생 측 사이에서 중재자 역할을 해왔기 때문에 학장은 그녀에 대해 어느 정도 신뢰를 가지고 있었다. 그래서 긍정적으로 생각해보겠다는 대답을 해주었다.

학교 측에서 허락이 떨어진 건 졸업식 이틀 전이었다. 그리고 연설은 학생들의 의견을 전부 포용한 것이어야 하며, 학교의 입장을 곤란하게 해서는 안 된다는 조건이 달려 있었다.

힐러리는 학생들의 의견을 모으기 시작했다. 학생들은 힐러리가 신뢰의 중요성에 대해 이야기해주길 바랐다. 베트남전으로 인해 젊은이와 기성세대 사이에 불신이 극심해지고 있었다. 학생들은 전쟁이나 시민권, 시위 등 세상에서 벌어지고 있는 일에 대해 서로 눈을 맞추고 대화하기를 원했다. 힐러리는 다양한 의견과 생각을 모아 밤을

새워 연설문을 작성했다. 그리고 마침내 졸업식 날이 밝아왔다.

미국의 명문 여대인 웰즐리여대의 졸업식에는 트루먼 (미국의 33대 대통령) 정부 때 국무장관을 지낸 딘 매치슨 부부를 비롯해서 미국 정부의 주요 인사들과 기업가, 금융계 인사들이 자리를 채우고 있었다. 그리고 유명 인사들을 취재하기 위해 달려온 많은 신문과 방송 기자들이 쉴 새 없이 플래시를 터뜨렸다.

졸업식이 시작되고 브룩 상원의원이 기조연설을 하기 위해 단상 앞에 섰다. 그는 힐러리가 공화당 지지자일 때 선거운동을 도왔던 공화당 의원이었다. 브룩 상원의원은 시종일관 전쟁을 옹호하고 리처드 닉슨(미국의 37대 대통령) 정부의 정책을 대변하는 말만 늘어놓았다. 지난 4년 동안 미국 사회를 들끓게 했던 충격적인 사건들에 대해서는 언급조차 하지 않았다.

브룩 상원의원은 베트남 전쟁이나 이로 인해 벌어진 비극적인 사건들과 사람들의 분노와 혼란은 입에 올리지 않았다. 게다가 미국 가정의 빈곤율이 감소하고 있다고 강조하고, '폭력 시위'는 그릇되고 불필요한 것이라며 폭력 시위를 성취의 가치로 잘못 생각하지 않기를 바란다는 말로 연설을 끝냈다.

그의 연설을 들으며 힐러리는 분노를 넘어서 모욕감을 느꼈다. 미국의 심각한 현실을 외면하고 국민들을 호도하려는 브룩 상원의원 같은 정치인 때문에 미국이 이 지경에 이르렀다고 생각했다. 힐러리는 분노에 차서 손에 쥐고 있던 연설문을 꽉 움켜쥐었다.

다음 연설자는 힐러리였다. 애덤스 학장은 힐러리가 학업 면에서 아주 뛰어난 학생이라고 소개하며, 웰즐리 역사상 처음으로 학생연설을 맡게 되었다고 말했다.

"활발하며 유머가 넘치고 교우 관계가 아주 좋은 우리 모두의 좋은 친구이죠."

하지만 마이크 앞에 선 힐러리는 그다지 좋은 친구 같아 보이지 않았다. 준비해온 연설문 대신 힐러리는 브룩 상원의원의 연설에 반대하는 연설을 시작했다.

"저는 저항이 익숙하게 느껴집니다. 그건 우리 세대가

쭉 해온 일이니까요. 우리가 사회의 지도자나 권력자의 위치에 있는 건 아니지만, 지금의 미국 사회는 우리가 비판과 저항을 하지 않을 수 없는 불가피한 상황에 놓여 있습니다. 우리는 공감하고 동조하려고 많이 노력했지만 우리의 지도자들은 너무나 오랫동안 정치를 기술로만 써왔습니다. 이제 우리가 해야 할 일은 불가능해 보이는 것을 가능하게 만드는 정치를 실천하는 것입니다."

상원의원을 정면으로 반박하는 힐러리의 연설에 참석한 유명 인사들은 곤혹스러운 표정을 지었다. 하지만 힐러리의 과격한 발언은 거침없이 이어졌다. 힐러리는 전쟁을 끝내야 한다고 주장하고, 지금처럼 특별한 시대에 비판과 건설적 저항은 젊은 세대들에게 없어서는 안 될 필수 과제라고 강조했다.

힐러리의 연설이 끝나자마자 재학생과 졸업생들은 모두 일어나 7분 동안 우레와 같은 박수를 보냈다. 반면 졸업식에 참가한 기성세대들은 힐러리의 과격하고도 대담한 연설에 아연실색했다. 애덤스 학장은 새파랗게 질린 얼굴로 연설을 허락한 것을 뼈저리게 후회하고 있었다.

졸업식 연설로 힐러리는 유명인사가 되었다. 〈보스턴 글로브〉지는 '금발머리에 안경을 쓴 우등생'이 브룩 상원의원의 인기를 채갔다고 보도했고, 〈시카고 트리뷴〉지는 힐러리의 연설 태도가 매우 무례했다고 훈계조의 사설을 썼다. '타임'사의 대표 주간지인 〈라이프〉지는 연설문의 내용과 힐러리의 사진을 싣기도 했다. 힐러리의 연설 장면이 방송으로도 나간 덕분에 TV에서도 인터뷰 요청과 출연이 쇄도했다.

그런데 세대를 대변한 연설에 일부는 열광했지만 다른 한 편에서는 비판적인 의견도 있었다. 사람들은 힐러리의 말을 아주 좋아하거나 싫어하거나 둘 중 하나였다. 젊은 세대들은 자신들의 생각을 대변해준 힐러리의 연설에 열광했다. 특히 변화를 원하는 젊은 여성들에게 힐러리는 우상으로 떠올랐다.

Part

2

방향이 잡혔다면
머뭇거릴
이유가 없어

1985년 아칸소 시절의 힐러리 로댐 클린턴. 아칸소 주지사인 클린턴 옆에서 교육개혁위원장으로 일하며 교육 개혁을 성공적으로 이끌었다. 교육 개혁의 성공은 힐러리의 경력에 도움이 되는 것을 넘어 클린턴이 대통령에 출마하는 데도 큰 역할을 했냈다.

절실함을
배우는 시기였어

아동인권운동가 에덜먼 여사에게서
많은 영향을 받았지

1970년 봄, 힐러리는 예일대 로스쿨에 입학했다. 1824년
에 설립된 예일대 로스쿨은 미국에서 세 번째로 오래된
로스쿨로 전통과 역사가 깊어 하버드와 함께 명문으로 꼽
힌다. 그래서 예일대 로스쿨에는 전통적으로 공직에 관심
이 많은 우수한 학생들이 주로 입학했다. 법조계에 진출

할 목적으로 진학한 학생도 있고, 힐러리처럼 정치인이
되기 위해 법학을 공부하러 온 학생들도 많았다.

미국의 로스쿨은 법학을 학문적으로 가르치기보다 장
차 법조인이 될 학생들의 실무 능력과 법률문제 해결능력
을 높이는 데 교육의 초점을 맞추고 있다. 그래서 학생들
은 학업과 함께 변호사 사무실 등에서 일을 하며 실무 경
험을 쌓아야 한다. 힐러리 역시 실무 경험을 쌓기에 적합
한 분야와 일거리를 찾고 있었다. 그러다 〈타임〉지에 실린
기사를 읽고 미국 최초의 아동인권운동가인 메리언 라이
트 에덜먼^{Marian Wright Edelman}에 대해 처음 알게 되었다. 에덜먼
여사는 미국의 법 체제와 제도를 이용해서 가난하고 소외
된 아동들을 도움과 동시에, 그들 삶의 개선과 인권을 위
한 제도를 만들려 노력하고 있었다.

힐러리는 마틴 루서 킹 목사를 통해 인종차별의 비극뿐
만 아니라 소외되고 가난한 사람들과 학대받는 아동들의
문제에 대해서도 관심을 가지게 되었다. 특히 가난한 아
동문제에 관심이 많은 어머니의 영향으로 아이들의 생활
과 인권에 대해 더 많은 생각을 하고 있었다. 힐러리는 아

이들에게 교육과 최소한의 생활을 제공하고, 인권을 보호해주기 위해서는 더 강력한 법과 제도가 필요하다고 느꼈다. 선한 사람들의 기부와 봉사도 필요하지만 법과 제도가 개선되어야만 안정적이고 실질적인 도움을 줄 수 있다고 생각한 것이다. 힐러리가 로스쿨로 진학하게 된 계기도 그들을 돕기 위해선 법을 알아야 할 필요성을 느꼈기 때문이다.

기사를 읽고 에덜먼 여사의 생각과 자신의 것이 같다는 것을 안 힐러리는 그녀를 꼭 만나고 싶다고 생각했다. 그녀와 대화를 해보면 아동문제뿐만 아니라 고민하고 있는 많은 문제를 해결할 실마리가 보일 것 같았다.

운 좋게도 그녀를 만날 기회는 금방 찾아왔다. 에덜먼 여사가 인권운동의 실태와 자신이 추진하고 있는 새로운 아동보호단체에 대해 강연을 하러 예일대에 온 것이다. 힐러리는 만사를 제쳐두고 그녀의 강연을 들으러 갔다. 에덜먼 여사는 긴 강연의 마무리 발언으로 가난하고 소외된 사람들, 학대받는 아동들의 문제에 관심을 가지고, 그들의 인권과 권리를 위해 노력해달라고 부탁했다.

힐러리는 에덜먼 여사의 강연을 들으며 가슴이 벅차오르는 감동을 느꼈다. 그리고 꼭 그녀와 일해보고 싶다고 생각했다. 강연이 끝나자 힐러리는 에덜먼 여사에게 다가갔다.

"안녕하세요, 선생님. 저는 예일대 로스쿨에 재학 중인 힐러리 로댐입니다. 선생님의 강의를 정말 감명 깊게 들었습니다. 이전부터 선생님이 하시는 일에 관심이 많았고요. 그래서 6월에 학기가 끝나면 선생님이 하시는 일을 돕고 싶습니다."

힐러리의 저돌적인 제안에 에덜먼 여사는 조금 당황했다. 힐러리에 대해 아는 것이 없을뿐더러, 유급 인턴을 쓸 만큼 경제 상황이 여유롭지 못했기 때문이다. 그래서 에덜먼 여사는 보수를 줄 형편이 안 된다는 이유로 힐러리의 제안을 정중히 거절했다. 장학금을 받고 있지만 학비를 벌어야 할 힐러리의 입장에서는 무급으로 일할 수가 없었다. 그렇다고 돈 때문에 에덜먼 여사와 일할 기회를 놓치고 싶지도 않았다. 그래서 힐러리는 지원금을 받을 수 있는 방법을 백방으로 찾아다녔다. 다행히 '법학도를 힐러리의 젊은 시절 멘토이자 정신적 성장에 많은 영향을 준 메리언 라이트 에덜먼의 최근 모습. 1939년생으로 현재 77세(2016년 기준)이다. 힐러리를 처음 만난 것이 1970년이었으니 그녀 나이 31세의 젊은 날이었다. 평생을 아동인권운동에 바친 흑인 여성 변호사로서 현재 미국아동보호기금 회장이며, 〈앨버트 슈바이처〉상을 수상하고 대통령 자유 훈장을 받았다.

위한 민권연구위원회'를 설득해서 보조금을 타는 데 성공했다. 돈 문제가 해결되자마자 힐러리는 에덜먼 여사와 일하기 위해 워싱턴으로 날아갔다.

에덜먼 여사는 힐러리의 열정과 명석함을 알아보았다. 그래서 일부러 사무실 안에서 하는 일이 아니라 직접 발로 뛰면서 사회의 가장 밑바닥에서 생활하고 있는 소외 계층을 만나는 일을 맡겼다. 힐러리에겐 머리가 아닌 눈과 몸으로 체험할 수 있는 경험이 필요하다고 생각했기 때문이다.

힐러리는 계절노동자 자녀들의 교육과 건강 상태를 파악하는 일을 하면서 자신이 알고 있는 것보다 더 참혹한 현실을 목격했다. 그 경험은 힐러리의 자세를 가난한 사람을 돕고 싶다는 소망에서 그들을 꼭 도와야 한다는 절실함으로 바뀌게 만들었다. 그리고 그 절실함은 힐러리에게 정치를 해야 하는 목적으로 자리 잡았다.

매력남 빌 클린턴을
좋아하게 되었어

인턴 활동을 마친 1970년 가을, 힐러리는 예일대로 돌아왔다. 돌아오자마자 법률이 아동에게 미치는 영향에 대해 연구해보기로 결심하고 '예일아동연구소'에서 연구과정을 밟기로 했다. 또한 아동학대 문제에 관심을 가지고 예일 뉴헤이번 병원 의료진과 상담을 했다. 힐러리는 그곳에서 아동학대가 의심되는 환자를 다룰 때 병원 측이 이용할 수 있는 소송 절차의 밑그림을 그리는 일을 도왔다.

아동문제와 관련된 연구를 하면서 힐러리는 아이들을 돕는 일이야말로 자신이 법조계에서 하고 싶은 일이라는 확신을 갖게 되었다. 그리고 그 일을 잘할 수 있을 거라는 자신감도 생겼다. 만약 어떤 남자를 만나지 않았더라면 힐러리는 에덜먼 여사처럼 아동권익을 위한 일에 전념했을지도 모른다.

힐러리가 빌 클린턴을 처음 만난 것은 로스쿨 2학년 때 '정치와 시민의 자유'라는 수업에서였다. 그때 클린턴은 조지타운 대학에 입학한 뒤 로데 장학금을 받아 2년 동안 옥스퍼드 대학에 다니다가 예일대 로스쿨에 막 들어온 참이었다. 두 사람은 서로의 존재만 알았을 뿐 아무런 대화도 나누지 않았다. 하지만 힐러리와 클린턴은 서로에게 끌리고 있었다.

클린턴은 전혀 꾸미지 않은 힐러리의 모습에서 보통의 여자들과 다른 묘한 매력을 느꼈다. 힐러리는 남자들이 좋아하는 여성적인 스타일은 아니었지만 예쁜 여자들 속에서도 단번에 눈에 띌 만큼 존재감이 강했다. 그래서 클린턴도 강한 자신감과 카리스마로 똘똘 뭉친 힐러리의 존재감에 끌려 자꾸 눈길이 갔다.

힐러리 역시 훤칠한 키에 적갈색 곱슬머리와 턱수염을 가진 매력적인 클린턴의 모습이 자꾸 신경 쓰였다. 그리고 미국에서 두 번째로 가난한 시골인 아칸소 주 출신임을 자랑스럽게 말하는 클린턴의 미소에서 빛나는 생명력을 느꼈다. 두 사람은 서로에게 호감이 있었지만 서두르진 않았다. 인연이 있다면 자연스럽게 만날 기회가 있을 거라고 믿었기 때문이다.

그 기회는 어느 봄날, 도서관에서 갑자기 찾아왔다. 그 날 힐러리는 아동 권익에 관한 자료를 찾고 있었다. 마침 클린턴도 도서관에서 같은 과 친구와 대화를 나누고 있었다. 힐러리를 발견한 클린턴은 친구와 대화를 나누는 내내 그녀에게서 시선을 떼지 못했다. 나중에는 아예 대놓고 힐러리를 쳐다봤다. 그러다 힐러리가 갑자기 책을 탁 덮고 클린턴에게 다가왔다.

"계속 그렇게 쳐다보지 말고 우리 통성명이나 하죠. 난 힐러리 로댐이에요."

이렇게 말하며 힐러리는 손을 내밀어 악수를 청했다. 전혀 예상하지 못한 힐러리의 대담한 행동에 클린턴은 깜짝 놀랐다. 그녀의 기세에 눌려버린 나머지 자기 이름도 제대로 말하지 못할 정도였다.

클린턴은 힐러리 같은 여자는 처음 보았다. 보통의 여자들은 호감 가는 남자가 있어도 상대가 다가와 주길 기다리고 있지 먼저 다가가지는 않는다. 그때까지 클린턴이 만나본 여자들은 나비의 선택을 기다리는 꽃처럼 남자가 다가와 주기만 기다렸다. 그래서 클린턴은 호시탐탐 힐러리에게 말을 건넬 기회를 노리고 있었다. 그런데 힐러리가 먼저 불쑥 다가온 것이다.

그날 힐러리와 클린턴은 통성명까지 했지만 데이트 약속 같은 것은 없이 그냥 헤어졌다. 호감이 사라졌기 때문은 아니었다. 오히려 클린턴은 힐러리의 당당한 매력에 푹 빠져버렸다. 그래서 '참정권과 시민권' 수업에서 다시 만났을 때 이번에는 클린턴이 먼저 다가갔다.

"힐러리, 지금 바빠?"

"조금. 다음 학기 수강 신청하러 교무과에 가야 돼."

"그래? 나도 거기 가려고 했는데 잘됐다. 같이 가자."

실은 클린턴은 수강 신청을 이미 끝낸 상태였다. 힐러리와 같이 있고 싶어서 거짓말을 한 것이다. 클린턴의 거짓말은 교직원 때문에 금방 들통이 나버렸다. 당황한 클린턴은 머쓱한 표정으로 머리를 긁적이며 힐러리에게 실토했다.

"사실은 너랑 좀 더 얘기하고 싶어서 거짓말한 거야."

클린턴의 귀여운 행동에 힐러리는 웃음을 터뜨릴 수밖에 없었다. 힐러리의 환한 웃음으로 두 사람 사이에 있던 미묘한 긴장의 벽이 금방 허물어져 버렸다.

그날 두 사람은 첫 번째 데이트를 했다. 캠퍼스 주변을 산책하며 많은 이야기를 나눴고, 예일 미술관에서 열리는 전시회를 관람했다. 클린턴은 그림을 관람하면서 현대미술에 대해 많은 이야기를 들려주었다. 힐러리는 아칸소 시골에서 온 청년의 지적인 모습에 점점 끌리는 것을 느꼈다.

그렇게 첫 데이트를 마치고 헤어지려는데 힐러리가 클린턴에게 뜻밖의 제안을 했다.

"오늘 저녁에 룸메이트가 방에서 종강파티를 여는데, 너도 오지 않을래?"

"물론이지. 그럼 저녁때 보자."

힐러리의 말이 끝나자마자 클린턴은 환한 미소를 지으며 대답했다. 그렇게 클린턴과 헤어져서 돌아오는데 힐러리의 표정은 그리 밝지 않았다. 사실 힐러리에겐 사귀는 남자친구가 있었다. 우연치 않게 클린턴과 첫 번째 데이트를 하게 되었지만 처음엔 계속 만날 생각이 없었다. 하지만 대화를 나누면서 그를 좀 더 알고 싶은 마음이 자꾸 생겼다. 그래서 자기도 모르게 클린턴에게 그런 제안을 한 것이다. 힐러리는 일단 클린턴을 한 번 더 지켜보고 그와의 관계를 어떻게 할지 결정하기로 했다.

그날 밤, 파티에서의 클린턴은 낮에 보았던 박학다식하고 매력적인 모습과는 많이 달랐다. 말도 없이 사람들과 잘 어울리지도 못한 채 가만히 앉아만 있었다. 수줍음이 많은 성격 때문인지 아니면 뭔가 불편한 게 있어서 그러는 건지는 모르겠지만, 클린턴의 그런 모습은 힐러리의 마음을 불편하게 했다. 클린턴에게 실망한 힐러리는 속으로 더 이상 그와 만나지 말아야겠다고 생각했다.

힐러리는 예정대로 주말을 남자친구와 함께 보냈다. 그리고 집으로 돌아왔는데, 갑자기 클린턴이 찾아왔다. 그때 힐러리는 감기에 걸려서 심하게 기침을 했다. 그 모습을 보더니 클린턴은 잠깐 기다리라고 하고는 밖으로 나갔다. 그리고 30분 후, 손에 닭고기 수프와 오렌지 주스를 들고 돌아왔다. 여자를 세심하게 배려할 줄 아는 클린턴의 행동에 힐러리는 감동했다. 식탁에 마주 앉아 닭고기 수프를 먹으며 힐러리는 종강파티 때 궁금했던 걸 물었다.

"그날 파티에서 왜 말도 없이 가만히 있었던 거야?"

클린턴은 힐러리의 눈을 지그시 바라보며 그녀의 손을 잡고 말했다.

"네 이야기를 듣고 싶어서. 내가 파티에 간 건 오직 너를 보기 위해서였어."

클린턴의 대답은 너무나 달콤했고, 힐러리의 마음을 송두리째 흔들어버렸다. 힐러리는 더 이상 고민하고 망설이지 않기로 했다. 그날로 남자친구에게 이별을 통보하고 관계를 정리했다. 그리고 태어나서 처음으로 한 남자와 열렬한 사랑에 빠져들었다.

나의 꿈과 맞닿아있는
사람을 만난 거야

✦❀❀✦

대통령을 꿈꾸는

그의 자신감이 좋았어

연인 사이가 된 힐러리와 클린턴은 죽이 잘 맞았다. 둘 다
똑똑하고 의욕이 넘쳤으며, 사회봉사의 중요성을 알고 있
었다. 당시 큰 이슈였던 시민권과 베트남 전쟁 종결 등 다
양한 정치적 현안에 대해 두 사람의 의견은 늘 일치했다.
성격은 다르지만 가치관이 비슷했기에 둘은 끝없이 대화

를 나누었다. 토론을 좋아하는 힐러리는 클린턴과 이야기를 하는 게 너무 즐거웠다. 클린턴도 자신의 생각을 거침없이 말하는 힐러리가 재미있었다.

1971년 봄 학기가 다가오자 클린턴과 힐러리는 두 사람의 미래에 대해 자주 대화를 나누었다. 아동의 권익과 시민권에 관심이 많은 힐러리는 졸업 후에 워싱턴으로 가서 이와 관련된 일을 하고 싶어 했다. 그런데 아직 확실히 정해진 게 없는 힐러리와 달리 클린턴의 계획은 명확했다. 그는 고향 아칸소로 돌아가 공직에 출마할 생각이었다. 힐러리는 클린턴의 계획을 들으면서 아마도 미래에 둘이 함께 있기는 힘들겠다는 생각이 들었다. 하지만 아직은 미래를 약속할 단계가 아니었기에 서로의 계획에 간섭하지는 않았다.

여름방학이 다가오자 힐러리는 캘리포니아에 있는 법률회사에서 인턴으로 일할 계획을 세웠다. 클린턴은 정치 경험을 쌓기 위해 조지 스탠리 맥거번George Stanley McGovern 상원의원의 대선 선거운동에 참여할 계획이었다. 그래서 두 사람은 여름방학 동안 떨어져 있어야 했는데 클린턴이 뜻밖의 제안을 했다.

"힐러리, 나는 잠시라도 너와 떨어져 있고 싶지 않아. 그래서 올여름에 너를 따라서 캘리포니아로 가서 함께 지내고 싶은데, 네 생각은 어때?"

힐러리는 뜻밖의 말에 눈이 동그래졌다.

"맥거번 상원의원의 선거운동을 돕는 게 너한테 아주 중요한 경험이 될 거라고 했잖아. 어쩌면 네 인생에서 좋은 기회가 될지 모르는데, 왜 갑자기 포기하겠다는 거야?"

"음… 그것도 중요하지. 그런데 지금 나한텐 네가 더 중요해. 네 곁에 있고 싶은 게 이유의 전부야."

클린턴의 그 말은 돌의 심장을 가진 여자라도 녹일 만큼 달콤했다. 힐러리 역시 너무 기뻤다. 여름방학 동안 떨어져 있는 것이 내심 아쉬웠던 힐러리는 클린턴과 함께 있을 수 있다는 것에 행복했다.

두 사람은 버클리에 있는 캘리포니아 대학 부근의 작은 아파트에서 함께 생활했다. 힐러리는 법률회사에 출근해서 어린이 구속사건을 조사하고 제안서와 보고서 쓰는 일

1979년 젊은 시절의 빌 클린턴. 힐러리는 로스쿨 재학 당시 클린턴을 만나 뜨거운 사랑에 빠졌고 미래의 동반자가 되기로 결심했다. 그리고 두 사람은 졸업 후 클린턴의 고향인 아칸소 주에 가서 정치가로서의 행보를 시작했다.

을 했다. 힐러리가 일하는 동안 클린턴은 버클리, 오클랜드, 샌프란시스코 등을 돌아다녔다. 주말이 되면 두 사람은 함께 짧은 여행을 하고, 테니스를 치고, 읽고 있는 책에 대해 이야기를 나누었다.

짧은 동거 기간 동안 두 사람은 너무나 즐겁고 행복해 계속 함께 있고 싶었다. 그래서 버클리에서 뉴헤이번으로 돌아와 본격적으로 동거에 들어갔다. 당시 학교에서는 암묵적으로 남녀의 동거를 허용하지 않는 분위기였다. 또한 사회적으로 동거를 하다 헤어지면 여자만 손해라는 인식이 있어서 남자친구에게 버림받을까 봐 두려워하는 여자들도 있었다.

하지만 두 사람 다 그런 것에 신경 쓰는 스타일이 아니었다. 힐러리는 사랑하는 동안 나중에 손해가 될지 이익이 될지를 따지는 것은 어리석은 일이라고 생각했다. 중요한 건 상대가 자신이 사랑할 가치가 있는 사람인가였다. 그런 사람이라고 판단되면 그와의 사랑에 완전히 충실하는 게 최선이라고 생각했다.

오랜 시간이 지난 후 20대에 가장 황홀했던 기억이 무엇이냐는 질문에 힐러리는 주저하지 않고 '클린턴과 사랑에 빠진 것'이라고 대답했다. 그를 만나기 전에 힐러리는 여러 명의 남자친구를 사귀었다. 하지만 클린턴만큼 그녀의 마음을 사로잡고 달콤하고 즐겁게 만들어주는 남자는 없었다. 그는 다른 남자들과 달리 힐러리의 명석함에 주눅 들지 않았고, 거친 논쟁에서도 비겁하게 도망가지 않았다. 클린턴은 언제나 당당하고 유쾌했다. 평소에 잘 웃지 않는 힐러리도 클린턴 앞에서만은 껄껄 소리 내며 웃었다. 힐러리는 그의 센스 있는 말솜씨와 듣기 좋은 목소리에 푹 빠져 있었다. 그와 함께 있을 때면 세상에 두 사람만 존재하는 것 같은 착각에 빠질 정도였다.

무엇보다 힐러리의 마음을 사로잡은 것은 미국의 대통령이 되겠다는 포부를 당당하게 밝히는 클린턴의 자신감이었다. 힐러리의 주변에는 클린턴보다 똑똑하고 자신감 넘치는 남자가 여럿 있었다. 하지만 그 누구도 미국 대통령이 되겠다는 포부를 당당하게 드러내는 사람은 없었다. 대부분 잘 나가는 변호사가 되거나 기껏해야 공직에 나가

사회지도층이 되는 것에 만족하는 정도였다.

힐러리는 클린턴이 대통령이 될 만한 자질이 있다고 생각했다. 그리고 그의 꿈이 자신의 꿈과 맞닿아있다는 것을 깨달았다. 또한 서로의 장단점을 보완하고 도울 수 있는 좋은 파트너가 될 수 있다는 것도 알았다.

힐러리에게는 빈틈과 다툼의 요지를 찾아내는 예리함이 있었다. 클린턴에게는 사람들을 자연스럽게 설득하는 탁월한 능력이 있었다. 힐러리에게는 사안을 강력하게 밀어붙이는 추진력이 있었다. 반면 클린턴은 어떤 사안이든 그것에 유연하게 대처하는 순발력이 뛰어났다.

힐러리는 두 사람이 모자람을 채워주고 힘을 부여하는 관계가 될 수 있다고 생각했다. 사랑하는 사이면서 또 일적으로도 도움이 되는 사람을 만나는 것은 결코 쉬운 일이 아니다. 그런 의미에서 힐러리는 클린턴을 만난 것은 큰 행운이며, 두 사람이 함께한다면 무슨 일이든 해낼 가능성이 있다고 생각했다.

그럼에도 힐러리는 미래를 그와 함께하겠다는 결심을 선뜻 하지 못했다. 클린턴이 미래를 약속하는 말을 할 때마다 별 대답 없이 그냥 넘겨버렸다. 사실 힐러리의 마음 속에는 어떤 두려움이 있었다. 남편 인생의 조연이 아닌 자기 인생의 주인공으로 살겠다는 의지가 약해질 수 있다는 두려움이었다. 자칫하면 사랑하는 사람과 함께하고 싶은 욕망이 내 인생을 살겠다는 의지를 잡아먹을 수도 있었다. 그런 두려움을 느낄 정도로 클린턴에 대한 힐러리의 사랑은 깊었다. 그걸 알기에 힐러리는 그의 계획에 휩쓸리지 않고 자신이 세운 계획에 집중하려고 했다.

결혼은 무거운 것이지만
도전해보기로 했어

1972년 봄, 학업을 마친 힐러리는 워싱턴으로 갔다. 다시 에덜먼 여사 밑에서 일하기 위해서였다. 여러 선택지가 있었지만, 힐러리의 마음이 가는 곳은 여전히 에덜먼 여사 쪽이었다.

한편 클린턴은 민주당 대통령 후보가 된 맥거번의 선거

운동을 돕고 있었다. 그런데 맥거번으로부터 텍사스로 가서 선거운동을 도와달라는 요청이 들어왔다. 클린턴은 힐러리에게 텍사스로 함께 가자고 요청했다. 힐러리는 잠시 고민했지만 대통령 선거의 중요성을 알기에 그와 함께 텍사스로 갔다.

그곳에서 힐러리는 투표자 등록을 총괄하는 일을 맡았다. 그리고 척박한 지역을 돌며 열성적으로 선거운동을 했지만, 안타깝게도 맥거번은 선거에서 패배했다. 텍사스까지 간 목적을 이루진 못했지만, 그곳에서 힐러리와 클린턴은 의미 있는 시간을 보냈다. 정치에 관심 있는 여성들의 멘토와 같은 벳시 라이트와 친분을 맺었고, 텍사스의 정치가나 정치 운동가들을 알게 된 것이다. 그리고 나중에 클린턴이 대통령 예비 선거를 치를 때 텍사스 지역에서 이 인맥들이 큰 도움이 되었다.

다음 해, 예일대 로스쿨을 졸업한 힐러리는 클린턴과 함께 졸업 기념으로 유럽 여행을 떠났다. 힐러리는 유럽에 처음 가보는 것이었지만, 클린턴은 로데 장학생 시절 영국을 여행한 경험이 있었다. 두 사람은 웨스트민스터 사원과 테이트 미술관을 방문하고 국회의사당을 둘러보며 즐거운 시간을 보냈다. 차를 빌려 수도원 유적들을 답사하기도 하고, 잉글랜드의 에너데일 호수에서 석양이 붉게 물든 호숫가를 거닐기도 했다.

그곳에서 클린턴은 정식으로 힐러리에게 프러포즈를 했다. 여자라면 누구나 받아보고 싶을 만큼 로맨틱한 프러포즈였다. 지금까진 늘 함께하고 싶다는 말로 청혼의 뜻을 비쳤지만, 그때의 클린턴은 진지하고 절실했다. 하지만 힐러리는 그의 청혼을 받아들일 마음의 준비가 되어 있지 않았다. 그를 사랑하는 마음은 진심이지만 결혼의 무게를 감당할 자신이 아직은 없었기 때문이다. 힐러리의 명쾌한 승낙을 받지 못한 것에 클린턴은 실망했지만 재촉하지 않고 그녀의 결심을 기다리기로 했다.

그래도 정식 프러포즈 덕분에 클린턴은 그해 크리스마스를 힐러리의 가족들과 함께 보낼 수 있었다. 그것은 단순한 연인 사이가 아니라 가족들에게 소개할 만큼 결혼을 전제로 한 신중한 만남이란 의미였다. 클린턴의 사교성 넘치고 유머러스한 성격은 가족들로부터 환영을 받았다. 그리고 가족들뿐만 아니라 친구들에게도 호평을 얻었다. 다들 힐러리가 클린턴과 결혼을 한다면 흔쾌히 축하해줄 분위기였다.

클린턴은 힐러리의 가족에게 좋은 점수를 받았지만, 힐러리와 클린턴 가족의 만남은 처음부터 썩 좋지 않았다. 힐러리가 클린턴의 어머니 버지니아를 처음 만난 것은 그녀가 아들을 보러 뉴헤이번에 왔을 때였다. 힐러리와 버지니아는 외모부터 정반대의 스타일을 가진 사람들이었다. 힐러리는 언제나처럼 화장을 생략하고 청바지에 작업복 셔츠 차림이었다. 그와 반대로 버지니아는 속눈썹까지 붙인 완벽한 화장과 화려한 옷차림이었다. 아침에 일어나서 제일 먼저 하는 일이 몸치장인 버지니아로선 선머슴 같은 힐러리가 낯설고 이해하기 힘들었다. 하지만 두 사람은 조금씩 시간이 지나며 서로를 이해하고 인정하게 되었다.

클린턴의 어머니를 만나고 그의 고향집을 방문하면서

힐러리는 클린턴에 대해 더 깊게 이해하게 되었다. 또한 클린턴이 늘 말하던 대로 고향 아칸소로 가서 자신을 믿어주는 사람들을 위해 일하고 싶다는 그의 소망이 변하지 않을 거라는 걸 확실하게 알게 되었다.

힐러리가 클린턴의 집에 있는 동안 그의 친구들과 지인들이 계속해서 클린턴을 찾아왔다. 그들은 클린턴의 능력을 인정했고, 그를 신뢰하고 좋아했다. 그곳에서 클린턴의 인맥은 힐러리가 생각했던 것보다 훨씬 넓었고 두터웠으며 클린턴은 그들의 신뢰를 결코 저버리지 않을 사람이었다. 또한 그가 정치를 시작한다면 아칸소보다 더 좋은 곳이 없었다. 클린턴이 아칸소로 돌아가는 것은 너무도 확실한 기정사실이었다.

그것은 곧 두 사람이 미래를 함께하기 어렵다는 것을 의미했다. 아칸소에 클린턴의 꿈이 있다면, 힐러리에겐 워싱턴에 미래가 있었다. 워싱턴이나 뉴욕에서는 고액의 연봉을 받으며 변호사 생활을 시작할 수 있었다. 자신을 미국 최초의 여성 대통령감으로 여기고 후원해주는 동료들도 있었다. 힐러리가 클린턴과 함께 아칸소로 간다는 건 워싱턴이나 뉴욕의 일류 직장을 포기하는 것이며, 약속된 장밋빛 미래를 외면하는 것과 같았다. 그 점을 클린턴도 잘 알고 있었다.

클린턴은 힐러리가 아칸소로 함께 가주기를 간절히 바랐다. 사랑하는 여자로서 함께 있고 싶은 마음도 컸지만, 자신의 정치적 길에 그녀의 탁월한 능력이 꼭 필요한 것도 있었다. 하지만 클린턴은 힐러리가 혼자 힘으로도 충분히 정치적 성공을 거둘 수 있고, 주지사나 미국 상원의원이 될 수 있을 거라는 걸 알았다. 그만큼 클린턴은 힐러리의 능력을 높이 평가했고 그렇기에 힐러리에게 함께 아칸소로 가자는 말을 하지 못했다.

두 사람은 자신의 꿈과 함께 있고 싶은 마음 사이에서 갈등하며 확실한 결정을 내리지 못했다. 그러다 1973년 가을, 클린턴이 아칸소 법대에서 강의를 할 기회가 생겨 고향으로 돌아갔다. 한편 힐러리는 매사추세츠 케임브리지로 가서 에덜먼 여사가 새로 설립한 아동보호기금에서 일했다. 전국을 돌면서 어린이와 청소년에게 영향을 미치는 문제들을 조사하고 방법을 모색하는 일이었다. 힐러리는 그 일에 보람을 느꼈지만 클린턴과 떨어져 있는 것에 쓸쓸해 했다.

서로를 그리워하는 두 사람은 시간이 나면 만나서 함께 지냈다. 추수감사절에는 클린턴이 힐러리를 만나러 매사추세츠로 오고 크리스마스 휴가 때엔 힐러리가 클린턴이 있는 페이엇빌로 갔다. 거기서 며칠 동안 함께 지내고 있는데 두 사람의 친구인 존 도어에게서 전화가 왔다.

"빌, 하원의 사법위원회에서 닉슨 대통령의 탄핵조사를 하는데 조사를 주도할 책임자가 필요해. 내 생각엔 네가 적임자 같은데 해줄 수 있겠어?"

국회의원 선거에 출마할 계획인 클린턴은 그 제안을 받아들일 수 없었다. 그래서 존 도어는 힐러리에게 그 일을 제안했다. 그 일이 보수가 적고 근무시간이 길었지만, 닉슨 대통령을 탄핵하는 역사적인 사건에 동참하는 일이었다. 힐러리로선 그런 의미 있는 일을 마다할 이유가 없었다. 그리고 그녀가 그 일을 하기로 결정한 데에는 클린턴 때문도 있었다.

하원에서 조사를 마치고 탄핵으로 이어지는 절차가 진

행되기까지 족히 1년은 걸릴 것이다. 그동안 클린턴이 선거에서 이겨 의회에 진출하면 닉슨의 탄핵이 마무리되는 1975년쯤에는 클린턴도 워싱턴에 입성할 수 있을 것이다. 워싱턴에서 역사적인 일에 동참하며 좋은 경력을 쌓고 클린턴과의 미래도 기약할 수 있을 거라는 기대를 안고 힐러리는 조사위원회에 참여하기로 했다.

조사단은 힐러리를 포함해서 44명으로 구성되었다. 힐러리가 하는 일은 미국의 탄핵 재판과 관련된 역사와 법률을 조사하는 것으로 즐겁거나 흥미로운 일은 아니었다. 조사단은 일주일 내내, 하루 20시간씩 일했다. 그 다음에는 하원의 사법위원회에서 탄핵 과정에 이용할 절차를 작성하는 일을 해야 했다. 그리고 닉슨의 탄핵 조건을 명백하게 밝힐 내부 문건을 정리했다.

드디어 1974년 7월 19일에 닉슨의 구체적인 혐의를 정리한 탄핵 요구안이 제출되었고, 하원 사법위원회는 이를 승인했다. 그런데 힐러리가 예상하지 못한 변수가 생겼다. 탄핵당할 것을 예감한 닉슨이 8월 9일에 스스로 대통령직에서 물러난 것이다. 그것은 헌법과 사법제도가 승리한 역사적인 사건이었다. 또 힐러리에게는 조사위원회의 일원으로서 기쁜 일이면서 개인적인 중요한 결정을 앞당기는 계기가 되었다.

일자리를 잃은 힐러리는 이제 아칸소로 갈지 워싱턴에 남을지 결정을 해야 했다. 힐러리가 워싱턴에서 일하는 동안 클린턴은 아칸소에서 국회의원 출마 의사를 밝히고 선거운동을 하고 있었다. 그리고 힐러리는 매일 전화로 클린턴의 선거운동에 대한 조언을 해주고 있었다. 힐러리뿐만 아니라 텍사스에서 만난 벳시 라이트도 클린턴을 도우러 주말마다 워싱턴에서 페이엇빌로 날아갔다. 여름에는 힐러리의 아버지와 남동생 토기가 클린턴을 도우러 페이엇빌로 갔다.

그녀가 아는 많은 사람이 클린턴의 선거운동을 돕고 있었다. 그리고 클린턴은 말은 안 하지만 그녀의 도움을 간절히 원하고 있었다. 힐러리가 자신의 거취를 두고 치열하게 고민하고 있을 때 마침 페이엇빌에 있는 법대로부터 제안이 들어왔다. 법대의 조교수로 일하지 않겠느냐는 제안이었다. 그녀로선 거부할 수 없는 최고의 제안이었다. 사랑하는 클린턴이 있는 페이엇빌에서 학생들을 가르칠 수 있는 일자리였기 때문이다. 힐러리는 더 이상 고민하지 않고 클린턴이 있는 아칸소로 달려갔다.

정치가의 씨앗을
뿌리기 시작했어

첫 번째 실패를
경험했어

힐러리가 아칸소 주에 도착한 날은 8월의 무더운 날이었
다. 그날 저녁 힐러리는 클린턴이 선거유세를 벌이는 벤
턴빌 광장으로 갔다. 사실 이번 선거에서 클린턴은 승산
이 별로 없었다. 그럼에도 열정적으로 연설을 하는 클린
턴의 모습에서 힐러리는 희망을 보았다.

그다음 날 힐러리는 워싱턴 군(郡)의 변호사 협회가 개최하는 법대 신임 교수 환영회에 참석했다. 힐러리는 변호사 협회 회장인 빌 바셋의 소개로 그곳의 변호사와 판사들과 인사를 나눴다.

힐러리가 아칸소대학에서 맡은 일은 형법과 법정 변론 강의를 하고, 법률구조상담소와 교도소 프로젝트를 담당하는 것이었다. 가난한 사람들과 교도소 재소자들에게 실질적인 법적 도움을 주기 위해선 아칸소 주의 변호사와 판사들과의 인맥이 꼭 필요했다. 또한 자신의 변호사 생활과 클린턴의 선거에도 도움이 될 거라는 생각에 힐러리는 사람들과 친해지려고 애썼다.

학생들을 가르친 경험은 없었지만 힐러리는 금방 그 일에 적응했다. 사람을 가르치고 성장시키는 일은 즐거웠다. 하지만 학생들 입장에서 힐러리는 채찍을 마구 휘두르는 사육사 같은 교수였다. 사실 학생들은 27살짜리 여교수를 만만하게 봤다. 학생들 중엔 힐러리보다 나이가 많은 사람도 있었기에 장난을 치기도 했다. 그리고 그들은 곧 자신이 한 짓을 후회했다.

완벽주의자인 힐러리는 학생들에게도 완벽함을 요구했다. 수업 준비를 철저하게 해오도록 했고, 준비를 해오지 않은 학생은 힐러리의 질문 폭탄에 진땀을 흘려야 했다. 클린턴은 학생들에게 점수가 후한 교수였지만, 힐러리는 딱 학생이 노력한 만큼만 점수를 주는 깐깐한 교수였다. 그래서 아무리 날라리 학생이어도 힐러리의 수업은 절대로 빠지지 않았다. 또 다른 과목 공부는 게을리해도 형법과 법정 변론만큼은 열심히 공부해야 했다.

결과적으로 이유야 어찌 되었던 힐러리의 수업을 듣는 학생들은 나날이 실력이 늘어갔다. 그러자 처음에는 힐러리의 무자비한 채찍에 불만을 품던 학생들도 점점 그녀를 따르게 되었다.

힐러리는 교수로서 자리를 잘 잡아갔지만 클린턴은 선거운동에서 순탄치 않았다. 클린턴은 민주당 예비 선거에서 이겨서 민주당 후보로 국회의원 선거에 나가게 되었다. 그의 상대는 현직의원인 공화당의 존 폴 해머슈미트 의원이었다. 클린턴은 정치 신인임에도 해머슈미트를 상대로 뜻밖의 선전을 하고 있었다. 그런데 선거운동 과정에서 늘 일어나는 자금 문제가 발생했다.

클린턴은 정치 신인이었기 때문에 자금이 넉넉하지 않았다. 돈이 더 필요한 상황에서 마침 아칸소의 낙농업자들을 대리하는 변호사가 1만5천 달러를 기부하겠다는 제안을 해왔다. 그리고 이 제안에는 조건이 붙어 있었다. 그 변호사의 지역인 세바스찬 카운티에서만 자금을 써야 하고 클린턴이 당선되면 기부한 낙농업자들에게 정치적 보상을 해야 한다는 거였다.

선거판에서는 조건이 붙은 후원금을 받는 일이 자주 벌어진다. 아칸소의 막무가내 정치판에 익숙한 선거운동원들은 이 돈을 받아야 한다고 주장했다. 하지만 힐러리는 정치적 보상을 조건으로 한 기부금을 받는 것은 도덕적으로 옳지 못하다며 반대했다. 이 문제로 힐러리와 선거운동원 사이에서 갈등이 일어났다. 고민하던 클린턴은 힐러리의 의견을 받아들여 그 기부금을 받지 않았다.

클린턴은 자금이 부족한 상황에서 어렵게 선거운동을 해나갔고 그렇게 선거일을 맞이했다. 투표가 끝나고 개표가 시작되자 초반엔 클린턴이 헤머슈미트를 앞질렀다. 그리고 개표가 진행될수록 계속 엎치락뒤치락 하며 막상막하의 접전이 벌어졌다. 힐러리는 클린턴과 함께 워싱턴으로 가기를 바라는 마음으로 결과를 지켜봤다. 마지막으로 세바스찬 카운티의 결과만 남겨두고 있었다. 떨리는 마음으로 승리를 기원했지만, 결과는 클린턴의 패배로 끝나고 말았다.

불과 6천 표 차이로 헤머슈미트가 클린턴을 누르고 네 번째 재선에 성공했다. 클린턴의 선거운동원들은 힐러리 때문에 졌다고 생각했다. 선거부위원장인 폴 프레이는 힐러리의 알량한 도덕심 때문에 진 거라며 대놓고 불만을 터뜨렸다.

힐러리는 선거 결과에 실망하기도 했지만 진 이유가 자신의 지나친 도덕성 때문이라는 사실에 괴로워했다. 이 일로 힐러리는 정치에 대해, 그리고 선거에서 이기는 것에 대해 다시 생각하게 되었다. 아무리 좋은 뜻을 펼치고 싶어도 그것을 실천할 기회를 얻지 못한다면 아무 소용이 없다는 걸 인정할 수밖에 없었다. 특히 정치에서는 남보다 높은 기준을 고집하기보다 작은 것이라도 현실적으로 얻을 수 있는 결과에 집중하는 것이 현명한 일일 수도 있다는 걸 깨달았다.

우리가 서로 필요한
사람이라는 확신을 얻었어

힐러리는 자신의 실수를 인정하면서 선거의 패배도 뼈아프게 받아들였다. 선거에서 패배했다는 것은 두 사람이 함께 워싱턴으로 가는 길이 더욱 멀어졌다는 뜻이었다. 또한 힐러리로선 클린턴과 함께 아칸소에 남느냐, 자신의 계획을 위해 워싱턴으로 가느냐를 선택해야 한다는 의미이기도 했다. 만약 클린턴과 함께 있는 걸 선택한다면 그녀가 생각했던 것보다 훨씬 더 오래 아칸소에 있게 될 수도 있었다. 아니, 어쩌면 영원히 아칸소를 못 떠날 수도 있었다.

힐러리는 생각을 정리하기 위해 여행을 떠났다. 시카고

와 보스턴에 들러 가족들과 친구들을 만나고, 워싱턴과 뉴욕도 들러서 자신이 할 수 있는 여러 가지 일들을 알아봤다. 여행을 하면서 힐러리는 자신과 클린턴의 미래에 대해 많이 고민하고 생각했다. 그리고 3주 후에 아칸소로 돌아왔고 클린턴이 공항에 마중을 나왔다. 오랜만에 만난 두 사람은 그저 서로의 얼굴을 본 것만으로도 기쁘고 행복했다.

클린턴은 힐러리의 두 손을 맞잡고 그녀의 눈을 바라보며 떨리는 목소리로 말했다.

"그때 당신이 예쁘다고 말했던 그 집 기억나? 실은 내가 그 집을 사버렸어. 그런데 당신이 좋다고 한 집이니까 나 혼자서 살 수는 없을 것 같아. 그래서 말인데… 당신이 나와 결혼해서 그 집에서 함께 살아주면 안 될까?"

클린턴으로선 몹시 하기 힘든 말이었다. 선거에 지고 나서 클린턴도 힐러리에 대해 많은 고민을 했다. 힐러리가 왜 아칸소까지 왔는지 그 이유를 너무도 잘 알기 때문이었다. 선거에서 이겼더라면 힐러리의 계획대로 함께 워싱턴으로 가겠지만, 안타깝게도 져버렸다. 이 상황에서 힐러리를 붙잡는다는 건 그녀의 날개를 꺾는 일이 될 수 있다는 걸 클린턴은 잘 알고 있었다. 힐러리의 꿈과 능력을 높이 평가하기에 그녀가 원한다면 그냥 놔줘야 한다고 생각했다. 하지만 그렇게 생각할수록 힐러리에 대한 그리움은 간절해졌다. 그래서 힐러리를 붙잡기 위해 마지막으로 용기를 냈다.

힐러리를 자신을 간절히 원하는 클린턴의 눈을 바라봤다. 그리고 입가에 미소를 지으며 말했다.

"좋아."

클린턴의 곁을 떠나 있으면서 힐러리 역시 그가 없으면 안 된다는 걸 깨달았다. 워싱턴에서 좋은 제안을 받으면서도 그녀는 클린턴과 함께할 수 있는 방법들을 떠올렸다. 그러면서 자신의 생각의 끝은 언제나 클린턴과 헤어지지 않을 방법에 머문다는 것을 깨달았다.

힐러리는 이 정열적인 남자를 놓치기 싫었다. 클린턴의 아내가 되면 분명히 그의 정치적 동지로 꿈을 키워갈 수 있을 것이었다. 어디에서 살든 이 남자와 함께라면 변화를 이끌어낼 수 있을 것 같았다. 자신의 정치활동을 잠시 미룬다고 해도 언젠가 그 꿈을 이룰 기회가 분명히 있으리라 생각했다.

두 사람은 1975년 10월 11일, 클린턴이 힐러리를 위해서 마련한 예쁜 집의 거실에서 간소한 결혼식을 올렸다. 결혼식이 끝나고 축하파티가 열렸다. 힐러리는 두 사람의 결혼을 축하해주기 위해 모인 많은 사람 앞에서 조금 특별한 선언을 했다.

"결혼은 제 인생에 중요한 전환점이 될 거예요. 저는 이제 클린턴의 아내가 되었어요. 하지만 저는 힐러리 로댐으로서도 살고 싶어요. 그래서 저는 남편의 성을 따르지 않고 '로댐'이라는 성을 계속 사용하려고 해요."

힐러리의 파격적인 말에 사람들은 놀라서 웅성거렸다. 미국 사회에서는 결혼을 하면 아내가 남편의 성을 따르는 것이 관례다. 여자가 결혼 후에도 미혼 때의 성을 쓰는 경우는 매우 드물었다. 하지만 힐러리에게 성은 자신이 '젊은 정치인의 헌신적인 아내'가 아니라 '비전 있는 미래의 정치인'이라는 사실을 기억하게 하고 상징되게 하는 정체

성과도 같았다. 그것은 남편의 조연이 아니라 자기 인생의 주인공으로서 살겠다는 의지의 선언이기도 했다. 클린턴은 힐러리의 생각을 이해했기에 그 결정에 흔쾌히 동의했다. 하지만 보수적인 사고방식을 가진 남부 아칸소 주의 사람들에게 힐러리의 선택은 받아들이기 힘든 도전 같은 거였다.

결혼식을 올리고 정식 부부가 된 두 사람은 앞으로의 정치 일정에 대한 구체적인 계획을 세웠다. 다음 해인 1976년엔 아칸소 주의 검찰총장 선거가 있었다. 클린턴은 그 선거에 출마하기로 했다. 클린턴이 아칸소를 돌며 선거운동을 하는 동안 힐러리는 페이엇빌에 남아 학생들을 가르쳤다.

클린턴은 11월에 열리는 총선에서 아칸소의 검찰총장 민주당 후보로 지명되었다. 두 사람은 7월에 열리는 민주당 전당대회에 참석하기 위해 뉴욕으로 갔다. 전당대회에서 지미 카터(미국 39대 대통령)가 대통령 후보로 지명될 예정이었다. 그곳에서 두 사람은 지미 카터를 만났고 그들의 가능성을 본 지미 카터는 클린턴에게 아칸소 대표를 부탁했다. 그리고 힐러리에게는 인디애나 주의 선거운동을 맡아달라고 했다. 카터의 제안은 두 사람 모두에게 좋은 기회였다.

예상대로 지미 카터는 대통령이 되었다. 그리고 클린턴도 아칸소의 검찰총장에 당선되었다. 클린턴이 검찰총장으로 공직에 오르면서 두 사람의 생활에 큰 변화가 일어났다. 우선 페이엇빌에서 아칸소의 중심 도시인 리틀록으로 이사를 해야 했다. 생활의 근거지를 옮기면서 힐러리는 대학에 사표를 내고 리틀록에서 새로운 일자리를 구해야 했다. 그런데 클린턴이 검찰총장이기 때문에 직업적으로 충돌할 수 있는 검사나 관선 변호인, 법률 상담 변호사 같은 공직은 피해야 했다.

세상의 편견과 싸우며
내 커리어를 계속 지켜갔지

힐러리는 고민 끝에 개인 법률회사에서 일하기로 했다.

클린턴은 아칸소에서 가장 유서 깊은 로즈 로펌을 추천했다. 로즈 로펌의 경영자는 클린턴의 어린 시절 친구인 빈스 포스터였고 그는 힐러리로부터 좋은 인상을 받았다.

그런데 로즈 로펌은 156년의 오랜 역사 동안 여성 변호사를 고용한 적이 단 한 번도 없었다. 그래서 섣불리 힐러리를 채용하기가 어려웠다. 하지만 이런 케케묵은 관습에 무릎 꿇을 힐러리가 아니었다. 힐러리는 적극적으로 회사 임원들에게 자신의 능력과 경력을 어필했다. 그리고 회사 주주들을 설득한 포스터의 도움으로 힐러리는 로즈 로펌의 첫 번째 여성 변호사로 일하게 되었다.

로즈 로펌은 기업의 이해관계자들을 변호하는 일이 주 업무였다. 그동안 아동과 가난한 이들을 위한 변호를 많이 했던 힐러리는 다른 방식으로 법을 해석하고 적용하는 법을 배워야 했다. 하지만 기업의 이익을 위한 변호는 힐러리의 성향과 맞지 않아 배심이 필요하지 않은 일을 주로 맡아서 했다.

힐러리는 로즈 로펌에서 아동 관련 사건의 무료 변호를 주로 맡았다. 그리고 1977년에는 아칸소에서 아동과 가족 변호기관을 공동으로 설립하기도 했다. 이 단체는 아칸소 어린이 복지제도를 바꾸었으며 지금까지도 어린이 변호 활동을 계속하고 있다.

힐러리는 정계에서도 계속 경력을 쌓아갔다. 지미 카터 대통령은 힐러리를 법률 자문기관의 위원으로 임명했다. 그 기관에서는 변호사를 고용할 형편이 되지 않는 사람들에게 무료로 법률 자문을 해주는, 사무소를 설치하는 기금을 조성했다. 힐러리가 법률 자문기관의 위원으로 있는 동안 자문사무소의 예산이 9천만 달러에서 3억 달러로 늘어났다.

클린턴이 검찰총장으로 자신의 정치적 입지를 다져가는 동안 힐러리는 법조계와 정계에서 자신의 능력과 경력을 높여갔다. 두 사람은 각자의 영역에서 순항하고 있었다. 어쩌면 이 시기가 그들의 인생에서 가장 평화롭고 순탄한 시간이었는지 모른다. 하지만 곧 그 평화에 새로운 위기가 찾아왔다.

1978년, 클린턴은 또 한 번 선택의 기로에 서게 되었다.

당선 가능성이 높은 아칸소 주 주지사에 출마하느냐, 아니면 민주당의 상원의원 경선에 도전하느냐를 결정해야 했다. 힐러리는 클린턴이 상원의원에 도전하기를 원했다. 상원의원이 되면 워싱턴으로 돌아가 지미 카터 대통령 밑에서 일할 수 있을 거라 생각했기 때문이다. 하지만 여론조사 결과는 힐러리의 바람과는 반대로 나왔다. 지금은 승산 가능성이 낮은 모험을 하기보다 승리가 확실한 쪽에 승부를 걸 때였다. 결국 클린턴은 주지사 선거에 출마하기로 결정했다.

주지사 선거가 시작되었지만 힐러리는 가급적 선거운동의 전면에 나서지 않으려고 했다. 클린턴의 연설을 분석해주거나 선거 전략을 조언해주는 선에서 머물렀다. 하지만 경쟁자들은 이렇게 뒤에 물러서 있는데도 클린턴을 공격하는 데 힐러리를 들먹였다. 그들은 힐러리가 변호사 직업을 가지고 있으며 결혼 후에도 남편 성을 쓰지 않는 것을 가지고 물고 늘어졌다. 경쟁자들의 비열한 인신공격은 보수적인 아칸소 주 사람들에게 조금씩 먹혀들어갔다. 하지만 힐러리는 선거에 이기기 위해서 자신을 바꿀 생각은 눈곱만큼도 없었다.

선거는 63%라는 압도적인 지지율을 보이며 클린턴의 승리로 끝났다. 서른한 살의 나이에 클린턴은 전국 최연소 주지사가 된 것이다. 언론은 30대 초반의 최연소 주지사라는 점에서 클린턴과 힐러리 부부를 주목했다. 두 사람은 '황금 커플'이란 애칭으로 전국적인 지명도를 얻게 되었다.

힐러리는 아칸소 주 주지사의 아내가 되었지만 여전히 자신의 일을 놓지 않았다. 1979년에 그녀는 로즈 로펌의 공동 경영자가 되면서 법률회사 역사상 최초의 여성 경영자가 되었다.

힐러리는 회사를 경영하면서 에덜먼 여사의 아동보호기금과도 계속 관계를 유지했고, 법률자문기관의 위원으로서도 일했다. 이 일만으로도 보통 사람은 감당하기 벅찬 양이었다. 그런데 여기에 주지사 부인으로서의 역할도 있었다. 하지만 그 역할은 지금까지 주지사 부인들이 우아한 차림으로 점심 만찬에 참석하거나 리본 커팅 행사를 하던 일과는 전혀 다른 것이었다.

클린턴은 힐러리에게 아칸소 시골 지역의 의료 수준을 개선하기 위한 농촌건강 자문위원회를 맡아달라고 부탁했다. 힐러리는 연방정부로부터 아칸소 극빈 지역의 의료시설을 늘리기 위한 예산을 따내야 했다. 클린턴의 아내가 아니라 정치적 파트너로서 아칸소 주정부 행정의 한 축을 맡아서 하는 일이었다.

보통의 주지사 부인들과는 너무 다른 힐러리의 행보는 아칸소 주 사람들 눈엔 비판거리로 보였다. 사람들은 힐러리가 남편인 주지사 옆에서 미소 지으며 얌전히 있어주기를 원했다. 1970년대 보수적인 남부 사람들의 인식엔 남편 그늘에서 순종적으로 사는 것이 내조이고, 그런 여자가 현모양처였다.

힐러리도 자신의 어떤 점이 사람들의 입에 오르내리는지 잘 알고 있었다. 그리고 사람들의 입방아가 피곤하기는 했지만 거기에 굴복할 수는 없었다. 우아한 드레스를 입고 리본 커팅을 하는 게 힘들어서 못 하는 게 아니었다. 그 일보다 한 푼이라도 더 예산을 따내서 의료 시설을 늘리는 게 중요했다. 자신이 하고자 하는 일의 중요성을 아무리 설명해도 사람들은 오래된 사고방식을 바꾸려 들지 않았다. 그래서 힐러리는 사람들의 시선을 연연해 하지 않았다. 그저 묵묵히 클린턴의 파트너로서, 로즈 로펌의 경영자로서 해야 할 많은 일에만 집중했다.

어찌 됐든 현실을
감당하는 게 능력이지

⟨≈⟩

딸이 태어났어

내가 엄마가 된 거야

힐러리와 클린턴은 빨리 아이를 갖기 원했다. 현실적으로
클린턴은 첫 번째 주지사 임기 동안 아이를 낳아 기를 여
유가 별로 없었다. 그것은 힐러리 역시 마찬가지였다. 하
지만 두 사람은 아이를 간절히 원했고, 그 바람대로 1979
년에 임신을 했다.

두 사람의 기쁨은 이루 말할 수 없었다. 특히 클린턴의 기쁨은 보통의 남자들과 달랐다. 자신이 태어나기도 전에 아버지를 여의고 불우한 어린 시절을 보낸 클린턴에게 자식이란 존재는 분신 이상의 의미였다. 클린턴은 바쁜 주지사의 일정에도 힐러리와 함께 산모교육교실에 다닐 정도로 기쁘게 자식의 탄생을 기다렸다.

힐러리는 임신 중에도 일에 대한 열정이 조금도 사그라들지 않았다. 지금까지 해왔던 일들을 조금의 차질도 없이 완벽하게 해냈다. 출산을 앞두고 만삭의 몸으로 그녀는 아칸소 아동병원의 증축을 위한 건축비를 마련하기 위해 직접 뉴욕까지 가기도 했다. 신용평가기관은 부른 배를 안고 아칸소에서 날아온 힐러리를 보고 깜짝 놀랐다. 주지사 부인이, 그것도 만삭의 임산부가 아칸소 주민들을 위해 헌신하는 모습에 그들은 깊은 인상을 받았다. 결국 아무도 말릴 수 없는 힐러리의 열정과 헌신으로 신용평가기관의 도움을 얻어낼 수 있었다.

1980년 2월 27일, 드디어 기다리던 딸 첼시 빅토리아 클린턴이 태어났다. 힐러리와 클린턴은 엄마 아빠가 되었다는 사실에 가슴이 벅찼다. 첼시라는 이름은 주디 콜린스의 〈첼시 모닝〉이라는 노래에서 따왔다. 연애 시절에 둘은 유럽 여행을 하면서 런던 서북부에 있는 첼시라는 마을에 간 적이 있었다. 온통 화분으로 둘러싸인 그 아름다운 마을을 지날 때 어디선가 〈첼시 모닝〉이 흘러나왔다. 그때 클린턴은 나중에 우리가 아이를 낳으면 이름을 '첼시'라고 짓자고 말했다. 그날의 아름다운 기억을 간직하고 있던 클린턴의 제안으로 딸의 이름은 첼시가 되었다.

힐러리는 회사에 4개월의 출산휴가를 내고 직접 딸을 돌봤다. 당시 직장에 다니는 여성들은 출산휴가의 혜택을 받기 힘들었는데 힐러리는 출산 후 아이와 함께 몇 달을 보내는 행운을 누렸다. 그때의 경험으로 힐러리와 클린턴은 유급 출산휴가가 얼마나 필요한지 알게 되었다. 그래서 나중에 클린턴이 대통령이 되었을 때 가장 먼저 서명한 법안이 '가족 및 의료 휴가법'이다.

아기가 태어난 것은 너무나 기뻤지만 초보 엄마가 아기를 돌보는 것은 매우 힘든 일이었다. 대부분의 초보 엄마들이 그렇듯 힐러리도 처음 몇 달 동안은 고생을 해야 했다. 아무리 어르고 달래도 울음을 그치지 않는 첼시를 보고 힐러리는 이렇게 말했다.

"첼시야, 너도 이 세상에 태어난 게 처음이지? 나도 엄마가 된 건 처음이야. 우리 둘 다 처음 해보는 일이잖니. 그러니 어떻게든 서로 도와서 잘 지내보자."

첼시가 태어나면서 힐러리는 경제적인 문제에 대해 고민하기 시작했다. 그때까지 힐러리는 돈에 별로 연연하지 않았는데 그것은 클린턴도 마찬가지였다. 하지만 자식을 잘 키우기 위해선 안정적인 경제적 기반이 필요하다는 것을 절감했다. 그런데 주지사 월급은 변호사의 월급보다 훨씬 적었다. 더구나 다음 주지사 선거에 당선된다는 보장도 없었다. 불안정한 직업인 정치인의 아내로 살아가려면 힐러리가 가정 경제를 책임지는 수밖에 없었다.

그래서 힐러리는 투자에 관심을 가지기 시작했다. 친구의 조언으로 선물시장에 천 달러를 투자했다. 운 좋게도 첫 번째 투자가 9개월 후에 10만 달러에 가까운 수익을

냈다. 하지만 다음 투자에서 큰 손해를 보았다. 클린턴의 친구와 함께 개발되지 않은 땅을 매입해서 별장을 지어 되팔아 수익을 낼 계획이었는데 실패한 것이다. 그리고 이 실패한 투자는 20년 동안 힐러리에게 불명예의 꼬리표를 안겨주었다.

어쨌든 힐러리와 클린턴은 딸 첼시와 함께 행복한 나날을 보냈다. 힐러리는 출산휴가를 마치고 일에 복귀했고 클린턴은 2년간의 주지사 임기를 마치고 재선에 도전했다. 그러나 다음 선거 상황이 좋지 않았다.

첫 임기 동안 과감하게 많은 일을 시도한 것 때문에 클린턴에 대한 여론이 나빠져 있었다. 지역 내의 대규모 사업과 공공사업에 손을 댔는데, 이런 일들이 아칸소 거물 인사들의 심기를 건드린 것이다. 무엇보다 자동차세 인상으로 유권자들의 민심이 돌아선 게 문제였다. 클린턴은 낙후된 아칸소의 발전을 위해 도로 개발을 추진하려고 했고 필요한 자금은 자동차세 인상으로 마련하려고 했다. 장기적으로 보자면 도로 개발이 낙후된 아칸소를 발전시킬 것이고, 그 발전의 혜택을 유권자들이 누릴 수 있을 거였다. 하지만 유권자들은 미래의 혜택보다 당장 자기 주머니에서 나가는 적은 돈에 예민해지기 마련이었다.

실패가 중요한 게 아니라
받아들이는 방식이 중요해

클린턴의 불운은 여기에서 끝나지 않았다. 지미 카터 대통령은 아칸소 수용소에서 쿠바 난민을 격리시켰다. 그러자 쿠바 난민들이 수용소에서 폭동을 일으켰고, 민주당 대통령인 지미 카터에 대한 불만은 곧바로 같은 민주당원인 클린턴에게 이어졌다. 불안한 민심은 하루가 다르게 클린턴에 대한 지지율 하락으로 이어졌다.

게다가 선거운동 때마다 상대방에게 공격의 빌미를 주었던 클린턴의 스캔들도 여론을 악화시키는 데 한몫했다. 가장 많이 거론된 스캔들은 리틀록의 TV 기자와 나이트 클럽 여가수 제니퍼 플라워스와의 관계였다. 그리고 클린턴에 대한 공격은 힐러리에 대한 공격으로 이어졌다. 지금까지 사람들의 입방아에 오르던 불만들이 거론된 것이다. 하지만 힐러리는 사람들의 입맛에 맞추려고 고상하게 차려입거나 남편의 성으로 바꿀 생각이 없었다.

사실 힐러리가 자신의 소신을 고집할 만큼 낙관적인 상황은 아니었다. 불리한 상황이었고 쉽게 돌아설 여론이 아니었다. 결국 클린턴은 50% 대 48%의 간발의 차이로 선거에서 지고 말았다. 클린턴은 지금까지 네 번의 선거에서 두 번이나 실패의 쓴맛을 봐야 했다. 힐러리와 클린턴은 망연자실했다. '황금 커플'이란 애칭을 얻을 정도로 밝기만 할 것 같던 클린턴의 정치 미래에 먹구름이 드리워진 것이다. 사람들이 이제 클린턴은 끝났다는 말을 공공연히 할 정도였다.

정치인에게 선거에서 진다는 것은 정치적 죽음과도 같다. 그 정도로 충격이 크다는 뜻이다. 클린턴 역시 재선에 실패한 충격에서 쉽사리 벗어나지 못했다. 스트레스에 약한 클린턴은 마음을 추스르지 못한 채 우울한 나날을 보냈다. 그리고 자신을 위로해주고 격려해주는 사람을 찾아다녔고, 그들과 늘 술을 마셨다. 그들 중에는 평소 그를 따르던 여자들도 있었다. 클린턴은 우울에서 벗어나기 위해, 실수를 저지르기 쉬운 상황에 자신을 자주 빠뜨리고 말았다.

클린턴의 이런 나약한 태도는 그가 자라온 성장환경에 원인이 있었다. 클린턴의 어머니 버지니아는 클린턴의 친부가 죽고 나서 자동차 판매상인인 로저 클린턴과 재혼했다. 알코올 중독자인 로저 클린턴은 매일 술에 취해 집에 들어와서 아내와 어린 클린턴에게 폭력을 휘둘렀다. 알코올 중독자 부모 밑에서 자란 아이들은 다른 사람에게 인정받거나 기대고 싶어 하는 의존적인 경향이 강한 편이다. 그리고 스스로 감정을 절제하고 조절하는 능력이 부족해서 좌절에 빠질 때 자기보다 강한 사람에게 위로받길 원한다. 클린턴 역시 실패의 아픔을 스스로 극복하려고 노력하기보다 누군가에게 위로받고 의지하려고 했다.

힐러리는 그런 클린턴을 이해할 수 없었다. 어렸을 때부터 힘든 일이 있으면 회피하지 말고 스스로 극복하라고 교육받아온 힐러리로선 용납하기 힘든 태도였다. 자신과 달리 역경에 처했을 때 쉽게 무너져버리는 클린턴의 모습에 실망한 힐러리는 클린턴을 위로하고 보듬어주기보다 잘못된 행동을 비판하고 빨리 일어서라고 다그쳤다. 하지만 힐러리가 그럴수록 클린턴은 마음을 다잡기는커녕 더욱 밖으로 나돌았다.

힐러리는 클린턴에게 크게 실망했지만 그렇다고 그와 헤어질 마음은 없었다. '타인을 나와 같이 만들 생각을 말자. 모든 관계의 불행은 거기서부터 시작된다.' 이 말을 가슴에 새기며 힐러리는 클린턴을 이해해보려고 노력했다. 힐러리는 클린턴의 방황을 멈추게 하려면 다시 재기할 수 있다는 희망을 갖게 하는 것밖에 없다고 생각했다. 그리고 그럴 만한 계기를 찾기 위해 여러 방법을 모색해봤다. 그때 마침 클린턴에게 연극에 출연해달라는 요청이 들어왔다.

아칸소에서는 해마다 언론계에서 풍자극을 공연하는 전통이 있었다. 이 연극의 하이라이트는 신분을 감추고 출연한 유명인사가 사회적 문제나 정치인을 풍자하는 대사를 한 뒤 자기 신분을 밝히는 것이었다. 그해의 공연 주제는 '쿠바인과 자동차세'였다. 즉 클린턴을 풍자하기 위한 공연이었다. 그래서 자신을 스스로 비웃는 공연에 클린턴이 출연할 리가 없었다.

하지만 힐러리의 생각은 달랐다. 그녀는 지역 주민들이 왜 클린턴에게 등을 돌렸는지 알고 있었다. 또 어떻게 해야 그들의 마음을 다시 얻을 수 있는지도 알고 있었다. 클린턴이 재기하기 위해서는 지역 주민들에게 자신의 잘못을 인정하는 모습부터 보여야 했다. 그러면 클린턴에 대한 사람들의 불만과 불신을 상당 부분 해소할 수 있을 거라고 생각했다.

"빌, 아칸소 사람들은 당신을 미워하거나 내쫓으려는 게 아니에요. 그들은 당신이 주지사로 있으면서 했던 일들 때문에 자신들이 겪은 불편이나 고통을 알아주길 바랄 뿐이에요. 당신이 그것을 알고 미안해한다는 걸 알린다면 분명 그들은 다시 당신을 원하게 될 거예요."

힐러리는 논리적으로 클린턴을 설득했다. 늘 아내의 말을 귀담아듣던 클린턴은 힐러리의 조언에 조금씩 희망을 갖기 시작했다. 그리고 용기를 내어 공연에 출연하기로 했다.

클린턴은 파일럿 헬멧으로 얼굴을 가리고 나왔다. 그리고 넉살 좋게 자신이 한 일을 비웃기도 하고, 관객석에 앉아 있는 프랭크 화이트 주지사를 조롱하기도 했다. 객석에선 클린턴이 대사를 할 때마다 웃음이 터져 나왔다. 공연이 끝나고 클린턴이 자신의 신분을 드러내야 할 때가 되었다. 클린턴과 힐러리는 관객들이 어떤 반응을 보일지 몰라 조마조마했다.

드디어 클린턴이 헬멧을 벗었다. 헬멧의 주인공이 클린턴인 걸 알자 객석에서 놀라움의 감탄사가 흘러나왔다. 그리고 곧 우레와 같은 박수와 함성이 터져 나왔다. 사람들은 '클린턴'을 연호하며 그를 향해 환호성을 질렀다.

클린턴은 이 공연으로 완전히 자신감을 되찾았다. 그리고 다음 해 주지사 선거에 출마했고 선거에 임하는 두 사람의 각오와 태도는 예전과 많이 달라져 있었다. 클린턴이 다시 선거에서 진다면 두 사람의 미래가 없다는 걸 너무나 잘 알고 있었기 때문이었다.

클린턴은 더욱 겸손하면서도 열정적인 모습으로 선거운동에 임했다. 그리고 힐러리도 선거를 위해 자신의 모든 것을 내려놓았다. 클린턴이 출마 선언을 하던 날, 힐러리는 단정한 정장을 입고 단상에 올라 이렇게 말했다.

"저는 처음부터 빌 클린턴의 부인이었습니다. 힐러리 로댐이라는 이름은 직업상의 이름이었죠. 하지만 이제 남편의 선거에 전력하기 위해 변호사 일을 잠시 쉬게 되었습니다. 그러니 지금부터는 그냥 클린턴 부인이라고 불러주세요."

힐러리는 '로댐'이란 성 때문에 유권자들과의 사이에 벽을 만들고 남편의 선거에 악영향을 끼치고 있다는 걸 인정했다. 그리고 자신은 보수적인 유권자의 말에 귀 기울이고 있으며, 그들의 요구에 따라 변화할 의지가 있다는 걸 분명하게 보여줘야 했다. 그래서 그때까지 지켜왔던 '힐러리 로댐'이라는 이름을 '힐러리 로댐 클린턴'으로 바꿨다.

그녀의 변화는 거기에서 끝나지 않았다. 두꺼운 뿔테 안경 대신 콘택트렌즈를 끼고 얌전한 현모양처 이미지를 주기 위해 단정한 정장 차림을 했다.

힐러리는 지금까지 자신이 고집했던 것이 사실 중요한 게 아니라는 걸 깨달았다. 더 큰 목표를 위해선 개인적인 취향을 바꾸는 것도 현명한 일이었다. 그것은 자신의 신념을 꺾는 것도, 사람들의 요구에 지는 것도 아니었다. 중요한 건 가장 소중한 것을 지키는 것이었다. 작은 것을 지키려다 가장 소중한 것을 잃을 수 있다는 걸 힐러리는 저번 선거의 실패에서 뼈저리게 깨달았다.

실패를 통해 선택과 집중의 필요를 깨달았어

클린턴의 열성적인 노력과 힐러리의 변화는 유권자들의 마음을 움직였다. 그리고 클린턴은 불안하던 재선에서 성공을 거두었고 그들의 모습은 전과는 사뭇 달라졌다. 첫 임기 때 젊은 혈기에 다양한 개혁을 시도하다가 쓴맛을 본 두 사람은 매우 신중한 태도를 보였다. 이번에는 절대

실패해서는 안 된다는 걸 잘 알고 있었기 때문이다.

클린턴은 두 번째 임기에는 선거 공약인 교육 개혁에 집중하기로 했다. '미국에서 두 번째로 못 사는 주'라는 낙인에서 벗어나기 위해 아칸소에 가장 필요한 것이 교육 개혁이라고 생각했기 때문이다. 클린턴은 이 일을 맡기에 가장 적합한 사람으로 힐러리를 선택했다. 교육 개혁을 추진할 교육표준위원회의 위원장은 다양한 이익단체들을 설득할 수 있는 정치력이 있어야 했다. 힐러리의 능력과 정치력을 잘 알고 있는 클린턴으로선 그녀가 자신이 선택할 수 있는 최고의 적임자였다.

교육개혁위원장으로 취임한 힐러리는 4개월 동안 아칸소 곳곳을 돌아다니며 학부모, 학생, 교사, 행정관리 직원, 교육에 관심이 많은 사람 등 여러 사람의 의견을 들었다. 그러는 동안 힐러리는 교육 개혁에 가장 필요한 일이 무엇인지 깨달았다. 그것은 '우리는 안 돼!'라는 고질적인 열등감에서 벗어나는 것이었다. 이 열등감에서 벗어나야 교육의 필요성과 긍정적인 인식을 가질 수 있었다. 주민들의 인식이 바뀌지 않으면 어떤 개혁도 성공할 수 없다는 걸 그녀는 절실히 느꼈다.

  힐러리는 목표를 실현 가능한 수준으로 낮게 잡고 사람들의 의식을 개선하는 데 주력했다. 그리고 일하는 방식에도 변화를 주었다. 교육 개혁은 하루아침에 이루어질 수 있는 일이 아니었기에 서두르지 않고 사람들의 느린 변화에 자신의 걸음을 맞췄다. 그리고 개혁의 의지를 강하게 표출해서 주민들이 강요당한다는 느낌을 받지 않도록 조신했다. 또한 자신의 의견을 주장하기보다 사람들 간의 의견 차이를 중재하려고 했다.

  힐러리는 직접 시골 마을들을 돌아다니며 청문회를 열었다. 또한 학부모들을 대상으로 강연을 열어 세금으로 자녀들에게 더 좋은 교육을 시킬 수 있다고 설득했다. 그녀의 눈물겨운 노력으로 조금씩 교육 개혁에 대한 좋은 반응이 나타나기 시작했다. 하지만 긍정적인 여론이 생기는 만큼 반발하는 단체도 있었다. 교사들은 자격시험을 요구하고, 의무적으로 평가를 받아야 하는 것에 반발했다. 힐러리는 주민들에게 교육 개혁의 필요성을 알리는 한편 이에 저항하는 교원 노조와도 싸워야 했다.

힐러리는 1983년부터 1992년까지 아칸소 교육표준위원회를 이끌면서 미국에서 가장 교육 수준이 낮은 아칸소의 공교육 제도를 변화시켰다. 교육의 필요성을 절감한 주민들은 세금을 더 걷어서라도 교육 예산을 늘리라고 먼저 요구할 정도로 변했다.

힐러리의 노력으로 클린턴 주지사는 교육 개혁가이자 교원 노조와 맞설 정도로 강한, 절대로 패배하지 않는 정치가의 이미지를 얻게 되었다. 그리고 이 성과로 클린턴은 1986년에 또 한 번 아칸소 주지사 선거에 당선되었다.

이 선거에서 승리하면서 클린턴은 전국적인 관심을 끌게 되었다. 많은 사람이 1988년 대통령 선거에 클린턴이 출마한다면 승리할 수 있다는 전망을 하기도 했다. 클린턴과 힐러리도 백악관 입성에 욕심이 없지는 않았다. 하지만 지금은 적당한 시기가 아니라고 판단했다. 그래서 딸 첼시가 아직 어리다는 이유로 대통령 선거에 출마하지 않겠다는 기자회견을 했다.

그런데 대통령 선거에 나가지 않는 이유가 첼시 때문만
은 아니었다. 사실은 클린턴의 여자 문제 때문이었다. 여
러 해 동안 클린턴이 힐러리에게 충실하지 않는다는 소문
이 돌고 있었다. 성장기에 겪은 내면의 상처가 계속 클린
턴과 힐러리의 발목을 붙잡고 있었다. 클린턴은 여자 문
제에 있어 절제를 못 하는 자신이 원망스러웠다. 자신의
행동 때문에 힐러리가 고통받고 첼시에게 안 좋은 영향을
끼친 것을 생각하면 너무 괴로웠다. 그래서 가족을 위해
차라리 이혼을 하는 게 낫지 않을까 생각하기도 했다.

하지만 힐러리의 생각은 달랐다. 가정을 깨는 것은 자신
과 클린턴, 그리고 첼시에게 도움이 되지 않는다고 생각
했다. 클린턴의 여자 문제로 가정을 깰 생각이었다면 처
음 그 문제가 터졌을 때 했을 것이다. 그리고 클린턴 내면
의 문제와 방황을 이해하려고 노력하지도 않았을 것이다.
힐러리의 확고한 의지에 클린턴도 가정을 깨겠다는 생각
은 더 이상 하지 않기로 했다. 그리고 좀 더 길게 보고 아
칸소 주지사의 직분에 집중하기로 했다.

힐러리의 조언으로 클린턴은 방황을 끝내고 마음을 다

잡았다. 그리고 아칸소 주 주지사 선거에 다시 출마하기로 결정했다. 선거에서 클린턴은 압도적인 표차로 승리를 거두었다. 이후 교육과 복지, 경제 발전 등 여러 분야에서 클린턴이 아칸소에서 세운 기록은 전 국민의 관심을 끌기에 충분했다. 이제 미국의 수많은 사람이 다음 대통령으로 클린턴을 점치기 시작했다. 오래전부터 품어왔던 클린턴의 꿈이 현실이 되는 순간이 다가오고 있었다.

Part

3

서툴렀어,
열심히 일했지만
좌절이 왔어

1993년 9월 28일, 워싱턴 국회의사당에서의 힐러리. 의료보험제도 개혁에 관한 청문회에 참석하여 증언을 준비하고 있다. 힐러리는 클린턴 정부 초기에 정권의 핵심 과제인 의료보험제도 개혁을 위한 특별위원회 책임자로 임명되어 열정적으로 일했지만, 보험회사와 공화당의 반대로 처참히 실패하였다. 이러한 실패의 경험은 힐러리로 하여금 이후 대통령에 도전하게 하는 가장 큰 동력이 되었다.

사회 격차 문제를 하나라도
해결하고 싶었어

위험한 도전에서

승리했어

1993년, 미국에서 가장 작은 주 중의 하나이자 두 번째로 가난한 주인 아칸소의 주지사 클린턴이 대통령 선거에 출마했다. 클린턴과 힐러리의 오랜 꿈이 드디어 현실이 되는, 첫발을 내디딘 것이다.

클린턴은 민주당에서 가장 유력한 대통령 후보라는 평

가를 받았지만 대중의 반응은 썩 좋지 않았다. 1991년 대통령 선거에 출마하겠다고 발표했을 때, 아칸소에서 클린턴을 지지하는 여론은 40%도 되지 않았다. 반면 걸프전 승리로 인기가 치솟은 부시 대통령의 재선 지지도는 52%에 달했다.

대통령 선거는 말 그대로 전쟁이었다. 선거를 많이 치러본 클린턴과 힐러리도 언론의 가혹한 검증과 경쟁자들의 신랄한 공격에 당황할 정도였다. 언론은 클린턴과 힐러리의 모든 행적과 사소한 발언 하나까지 파고들며 검증하려 했다. 사적인 대화나 무심코 던진 농담, 연설이나 강연에서 한 몇 마디 말까지 분석하고 논평하고 공격했다. 앞뒤 상황이나 그 말을 하게 된 배경 설명은 생략하고 그저 단어 몇 개만 가지고 집요하게 물고 늘어졌다.

검증이란 명분으로 행해지는 공격에서 클린턴의 여자 문제가 도마 위에 오르는 건 너무나 당연한 일이었다. 언론과 경쟁자들에게 클린턴의 과거 스캔들은 좋은 공격거리였다. 연일 계속되는 공격으로 클린턴의 지지율은 추락

을 거듭했고 힐러리는 남편을 보호하기 위해 자신이 전면
에 나서야 한다는 걸 깨달았다. TV 토크쇼에 클린턴과 함
께 출연한 힐러리는 남편을 신뢰하고 있으며 자신들의 결
혼생활에 아무 이상이 없다는 것을 확인시켜줬다. 힐러리
의 말은 추락하던 클린턴의 지지율을 반등세로 돌아서게
하는 데 큰 역할을 했다. 또한 TV쇼의 출연으로 클린턴이
여자 문제가 있었지만 이걸로 대선을 포기할 필요는 없다
는 여론이 80%까지 형성되었다.

힐러리의 적극적인 도움으로 클린턴은 민주당 전당대
회에서 아이오와 주의 상원의원인 팀 하킨 등을 제치고
대통령 후보로 선출되었다. 그리고 이제 미국 대통령 자
리를 두고 진짜 전쟁이 시작되었다. 그런데 보수적인 공
화당 사람들은 클린턴을 공격하기 위해 힐러리를 가장 많
이 이용했다. 그들은 진보주의와 여성의 권익에 대한 것
중, 마음에 들지 않는 모든 것을 힐러리와 연관시켰다. 또
한 힐러리가 그동안 많은 일을 해오며 비리나 부도덕한
일이 없었는지 매의 눈으로 하나하나 따지고 들었다. 그
러다 NBC 기자와의 인터뷰에서 힐러리가 한 발언을 두

고 대대적인 공격에 들어갔다.

NBC 기자는 힐러리가 로즈 로펌에서 일할 때 도덕적으로나 법적으로 문제되는 일이 없었는지 솔직하게 말해달라고 요청했다. 그 질문에 힐러리는 이렇게 대답했다.

"저도 집에서 과자를 굽고 차나 마시면서 평범한 가정주부로 살 수 있었을 거예요. 하지만 저는 남편이 공직에 몸담기 전부터 하고 싶은 일이 있었고, 그 일에 충실하기로 마음먹었어요. 그리고 그 일을 하는 동안 최대한 조심하려고 노력했고요."

자신의 도덕성을 호소하기 위한 발언이었다. 하지만 이 대답의 앞부분만 방송에 나가면서 문제가 불거졌다. '집에서 과자를 굽고 차나 마시는 평범한 가정주부'라는 말은 전업주부를 폄하하는 것처럼 들렸다. 안 그래도 클린턴과 대등하게 보이는 힐러리를 못마땅하게 여기는 사람들이 많았는데, 이 발언은 좋은 공격의 빌미였다.

그들은 힐러리가 클린턴 뒤에 숨은 실질적 권력자라고 말하며, 클린턴이 대통령이 되는 건 힐러리를 여왕 자리에 앉히는 것과 다름없다고 몰아붙였다. 그리고 힐러리가 부도덕한 남편과 이혼하지 않는 건 클린턴을 통해 여왕이 되기 위해서라며 그들의 결혼생활을 가지고 물고 늘어졌다. 또한 힐러리가 쓴 〈법의 보호를 받는 아이들〉이라는 논문에서 '가정폭력에 시달리는 아이들을 대변하기 위해 아이도 부모를 고소할 권리를 가져야 한다.'고 주장한 것을 가지고 시비를 걸었다. 그들은 힐러리가 전통적인 가족제도를 무너뜨리려는 급진적인 여권주의자라고 비난했다.

'아칸소의 맥베스 부인'(러시아 희곡에 나오는 인물. 권력욕이 강한 여자를 빗대는 뜻이 있다.), '지옥에서 온 여피 마누라'라고 부르며 자신을 공격하는 것에 힐러리는 당황스러웠다. 말 한마디 한마디에 신중을 기했지만 그녀를 향한 비방의 수위가 너무 세서 클린턴의 지지율에 영향을 끼칠 정도였다. 힐러리는 자기 때문에 남편이 선거에서 지는 것을 원하지 않았다. 결국 클린턴의 선거캠프에서는 힐러리에게 뒤로 물러나 내조에 전념하는 평범한 정치인의 아내처럼 행동해 달라는 요청이 들어왔다.

영리한 힐러리는 이 시점에서 자신이 해야 할 일이 무엇인지 잘 알고 있었다. 지금 상황에서는 자신의 자존심이나 신념보다 클린턴을 선거에서 이기게 하는 것이 중요했다. 그래서 기꺼이 캠프의 요청을 받아들여 뒤로 물러나 유권자들이 원하는 정치인의 아내 역할에 충실했다. 다행히 그 전략은 효과가 있었다. 그리고 1992년 11월 3일, 클린턴은 선거에서 승리하고 미국의 42대 대통령으로 선출되었다.

1993년 1월 20일, 클린턴은 힐러리와 딸 첼시를 양옆에 세우고 대통령 취임선서를 했다. 20년 전에 시작된 두 사람의 꿈을 향한 여정이 마침내 절정을 향하고 있었다.

불합리한 의료보험제도를
바꾸는 건 전쟁이었어

힐러리처럼 자신의 직업을 가지고 백악관에 입성한 퍼스트레이디는 그때까지 한 명도 없었다. 힐러리는 클린턴이 아칸소 주지사로 재임하던 때도 자신의 일을 놓지 않았다. 그래서 사람들은 정치적 목표와 야망이 있는 힐러리가 평범한 퍼스트레이디 자리에 만족하지 않을 거라고 전망했다. 그리고 힐러리가 새 행정부에서 어떤 역할을 맡게 될지 궁금해했다.

클린턴과 힐러리는 대통령에 당선되자마자 내각을 채울 인물들에 대해 함께 논의했다. 사실 힐러리는 그간의 경험을 살려 클린턴 정부의 정치적 파트너로서 실질적인 국정 업무를 맡고 싶어 했다.

그러나 그것은 불가능한 일이었다. 케네디 대통령 재임 시절에 동생 바비 케네디를 법무장관에 앉힌 일을 계기로 대통령 가족이 내각 구성원이 되는 건 법으로 금지됐기 때문이다. 그래서 백악관의 비서실장 자리를 맡거나 특별위원회를 맡아 내부 문제를 다루는 쪽으로 의견이 모아졌다. 힐러리는 클린턴 내각에서 가장 힘들고 중요한 임무를 맡을 예정이었다. 그것은 바로 나날이 치솟고 있는 의료비와 의료보험제도를 개혁하는 일이었다.

당시 미국엔 의료보험에 가입하지 않은 국민이 3천7백

만 명에 달했다. 많은 사람이 돈이 없어서 병에 걸려도 치료를 제대로 못 받고 있었고 값비싼 의료비 때문에 파산하는 가정이 늘어나고 있었다. 전 국민이 의료보험 혜택을 받고 의료비 부담에서 해방되는 것은 미국의 발전을 위해 꼭 필요한 일이었다. 그래서 클린턴은 전 국민이 혜택을 받을 수 있는 보편적 의료보험제도 확립을 공약으로 내세웠다. 만약 클린턴이 의료보험 개혁에 성공한다면, 프랭클린 루스벨트가 사회보장제도를 도입한 이래 60여 년 만에 일대 변화를 가져오는 셈이었다.

클린턴은 취임한 지 닷새 만에 힐러리를 의료보험 개혁을 위한 특별위원회의 책임자로 임명했다. 이 일은 클린턴의 정적들뿐 아니라 지지자들도 놀라게 할 정도로 상당히 파격적인 처사였다. 사실 새 정부의 인사 중에는 힐러리의 정치적 위치에 불만을 품고 있는 사람도 있었다. 그들은 클린턴 부부가 공동으로 대통령직을 맡고 있다는 인상을 주는 것이 언론과 공화당에게 비판의 빌미가 될 거라고 우려했다. 많은 정치 비평가도 퍼스트레이디가 공공

정책 문제에서 핵심적인 역할을 맡는 것은 적절하지 않다고 의견을 냈다. 사실 이런 경우는 전례가 없는 일이었다.

하지만 이런 여론 때문에 뒤로 물러설 힐러리가 아니었다. 힐러리는 클린턴이 아칸소 주지사로 재임할 당시 교육 개혁과 아동복지 개선을 위해 일하면서 의료문제의 심각성을 실감했다. 돈 때문에 제대로 치료도 받지 못하고 죽어가는 사람들의 고통을 보며 전 국민이 의료 혜택을 받을 수 있도록 제대로 개혁해야겠다고 결심했다. 이 일은 힐러리에게 옳은 일이었고 꼭 해야 하는 일이었다. 옳다고 생각하는 일은 절대로 물러서지 않는 힐러리가 포기할 리 없었다.

무엇보다 힐러리는 자신이 퍼스트레이디이기 때문에 이 일을 맡을 적임자라고 생각했다. 의료보험 개혁은 지금까지 감히 그 누구도 건드린 적 없었고 위험도 많이 따르는 일이었다. 그래서 대통령만큼의 막강한 권한이 꼭 필요했다. 그런 점에서 의료보험에 대한 전문적인 지식은 부족하지만 이 일의 필요성을 알고, 클린턴의 정치적 파트너이자 퍼스트레이디인 자신만큼 적임자도 없다고 여겼다. 힐러리는 퍼스트레이디가 가진 막강한 힘을 십분 활용할 생각이었다.

클린턴과 힐러리는 의욕이 넘쳤다. 클린턴은 자신이 이끄는 정부가 성공하기를 간절히 원했고 그러려면 핵심 공약인 의료보험 개혁이 성공해야 했다. 취임 100일 만에 클린턴은 의료보험법을 5월까지 제정하겠다고 약속했다. 힐러리 또한 1994년 중간 선거 무렵에 그 법안을 통과시키겠다며 의욕을 보였다. 하지만 많은 사람이 그것은 불가능한 목표라며 비관적으로 생각했다. 〈워싱턴 포스트〉지는 사설에서 '이보다 더 어려운 공약은 상상조차 하기 힘들 것이다.'라고 논평할 정도였다.

한 나라의 의료보험제도를 개혁하는 일이었다. 법안을 제정해 의회를 통과하는 데만 적어도 4~5년은 족히 걸릴 거였다. 반대파들을 설득하는 한편, 관련된 보험사와 의사협회 등 여러 이익단체와 의견 조율도 해야 했다. 아무리 언론의 협조와 국민의 적극적인 지지가 있더라도 1년 만에 만들 수는 없었다.

그래서 의회의 지도자들은 클린턴과 힐러리에게 개혁

의 속도를 늦출 것을 요구했다. 그리고 1994년 중간 선거가 끝난 다음에 법안을 통과시켜야 한다고 조언했다. 하지만 힐러리는 그런 조언들을 대수롭지 않게 생각했다. 불합리한 의료보험제도를 개혁하는 일이므로 국민이 당연히 찬성할 것이며, 언론도 자신의 편을 들어줄 거라고 생각했다. 정적들의 반대는 있겠지만 그것은 돌파해야 할 난관이지 뒤로 물러설 이유는 아니라고 여겼다. 힐러리는 아칸소에서 교육 개혁을 추진했을 때처럼 이 일이 옳은 일이므로 제도가 정착되고 나면 모두가 수긍할 거라고 판단했다.

하지만 이번에는 뜻대로 되지 않았다. 힐러리의 기대와 달리 언론이 먼저 의료보험정책에 등을 돌리기 시작했다. 사실 취임 초기부터 힐러리와 클린턴은 언론과의 관계가 원만하지 못했다. 우선 언론에 대한 대처가 미숙했고 필요 이상으로 엄격하게 굴었기 때문이다.

힐러리는 가족 등의 사생활을 보호하려고 자신의 집무실이 있는 서관에 기자들의 출입을 통제했다. 이 일로 언

1993년 4월 17일 네브래스카 주의 리트 센터에서 〈21세기 의료보험: 국가적 도전의 네브래스카 솔루션〉이란 주제로 연설을 하고 있는 힐러리. 의료보험 개혁을 위한 특별위원회 책임자로서 미 전 지역을 돌며 개혁의 중요성을 알렸다. 힐러리는 자신이 추진하는 의료보험 개혁이 미국 사회가 해결해야 할 불평등 문제 중 가장 중요한 것이라 생각했다. 그러한 생각은 2008년 대선에 출마할 때나, 2016년 대선에 출마할 때 모두 변함이 없었다. 그동안 개혁의 진전은 있었으나, 힐러리가 원하는 목표점에는 다가가지 못했기 때문이었다.

론은 힐러리와 클린턴 정부에게 적대적인 감정을 가지게 되었다. 사실 정책을 실행하기 위해선 언론의 도움이 절실히 필요하다. 언론이 어떤 식으로 정부와 정책을 다뤄주느냐가 국민 여론에 큰 영향을 끼치기 때문이다. 그런데 언론의 접근을 거부하면서 적으로 만들어버린 것이다.

게다가 의료보험 개혁을 원치 않는 보험회사들은 TV 광고에 부정적인 면을 강조하는 내용을 담아 대대적으로 내보냈다. 부정적인 광고와 비판적인 기사는 국민에게 좋지 않은 인식을 심어주었다. 당연히 국민이 의료보험 개혁에 찬성할 거라고 생각했던 힐러리의 예상이 무참히 깨져버린 순간이었다.

그런데 여론보다 더 큰 문제가 있었다. 전 정부인 부시 정부가 남긴 재정 적자가 알고 있던 2천5백억 달러가 아니라 3천8백억 달러에 육박한다는 것이었다. 이 사실을 뒤늦게 알게 된 클린턴은 정책의 우선순위와 방향을 바꿔야 했다. 그리고 가장 큰 공약으로 내세웠던 의료보험제도 개혁을 비롯한 많은 정책을 일단 보류해야 했다. 가장 시급한 일은 경제 성장을 위한 계획을 다시 짜서 이에 필요한 예산안을 의회에서 승인받는 것이었다.

힐러리는 예산안 통과 때문에 의료보험 개혁이 뒤로 밀려날지도 모른다는 것에 심기가 몹시 불편해졌다. 하지만 클린턴의 입장에선 적자가 해소되고 경제가 제대로 돌아가야 의료보험이든 교육제도든 개선할 여지가 있었다. 클린턴 정부에게 경제 성장과 의료보험 개혁은 둘 다 중요한 과제였다. 어렵지만 함께 추진해서 성공시켜야 할 일이었다. 그래서 클린턴은 의료보험제도 개혁을 제대로 알리기 위해 대국민 연설을 했다.

"우리에게는 적절한 의료보험정책이 필요합니다. 의료보험제도를 개혁하면 경제를 살리는 것은 물론, 정부의 적자를 줄이는 데도 도움이 될 것입니다."

클린턴의 연설로 의료보험 개혁에 대한 여론이 긍정적인 방향으로 돌아섰다. 힐러리도 법안 제출을 위해 하원의 세법위원회, 에너지통상위원회, 상원의 노동인적자원위원회와 재정위원회 등 어디든 찾아가서 개혁의 필요성을 설명했다. 자신이 할 수 있는 모든 방법을 동원해서 의료보험 법안에 대해 알린 것이다. 위원들은 전문지식을 갖춘 힐러리의 매력과 열정에 깊은 인상을 받았다. 미국 국민의 삶을 크게 개선시켜줄 의료보험 개혁에 긍정적인 신호가 마침내 보이기 시작했다.

하지만 힐러리의 의료보험제도 개혁안은 상원에서 투표가 시작되기도 전에 논의에서 제외되어버렸다. 아예 투표조차 하지 못한 대실패였다. 힐러리도 쉽지 않은 싸움이라고 예상했지만 이 정도로 맥없이 실패할 거라곤 예상하지 못했다.

열정이 앞섰기에
방법이 서툴렀어

의료보험 전쟁에서

처참하게 지고 말았어

의료보험 법률안이 상원에 상정도 되지 못하자 힐러리는
크게 실망했다. 처음엔 자신의 계획이 좌초된 것에 무척
화가 났다. 그리고 국민을 위한 의료보험제도 개혁에는
관심도 없고 오직 선거를 위한 다툼에 혈안이 되어 있는
공화당 지도자들에게 분노했다.

공화당의 하원의원인 뉴트 깅그리치^{Newt Gingrich}는 공화당원들이 합심하여 의료보험 개혁에 반대표를 던져야 중간 선거에서 공화당이 승리할 수 있다고 노골적으로 선동했다. 거기에 정부의 선의는 몰라주고 TV 광고만 보고 판단해버린 국민에게도 섭섭했다.

하지만 실패의 가장 큰 원인은 힐러리 자신에게 있었다. 처음엔 그것을 몰랐다. 힐러리는 아칸소에서 교육 개혁을 할 때처럼 반대 의견에 부딪혀도 더 강하게 밀어붙이면 될 줄 알았다. 그런데 그 방식은 아칸소에서는 통했을지 몰라도, 워싱턴에서는 적만 만들어냈다.

힐러리는 자신이 만들려는 법안에 비판하는 사람들은 무조건 적으로 간주했다. 그리고 법안에 약간의 수정 요청이 들어와도 받아들이지 않고 손도 못 대게 했다. 가장 큰 문제는 의료보험 법안을 만드는 과정을 은밀하게 처리한 거였다. 그녀는 의사나 병원, 보험사를 위한 로비스트들의 방해를 받지 않기 위해 모든 일을 비공개로 처리했다. 어쩌면 법안을 개혁하는 데 도움을 줄 수 있는 의료보험 업체와 의원들을 1차 청문회에 참석시키지도 않았다.

힐러리는 의회와 더불어 일하기는커녕 배제시키려 했고 결국 힐러리의 이런 태도는 사람들의 의심을 샀다. 그리고 근거 없는 루머들을 양산시켰다.

힐러리의 적은 의회에만 있지 않았다. 사실 가장 무서운 적은 언론이었다. 취임 초기에 언론과 마찰을 빚으면서 힐러리는 언론에 피해의식을 가지게 되었다. 충분히 그럴 만한 이유는 있었다.

오랫동안 클린턴의 정적들은 아칸소 주 경찰들을 부추겨서 기자들에게 좋지 않은 정보를 흘리게 만들었다. 후에 억만장자인 리처드 멜론 스카이프Richard Mellon Scaife가 클린턴의 비리를 캐내려고 2백만 달러나 지원했으며, 클린턴 부부의 친구인 빈스 포스터Vince Foster의 죽음을 클린턴 가와 엮으려는 시도를 했다는 사실이 드러나기도 했다. 하지만 이런 일이 벌어진다고 정부가 언론을 피해서는 안 되는 일이었다.

힐러리는 껄끄러운 워싱턴의 거대 언론들 대신 지역 신문사와 소통하려고 했다. 지역 신문이 거대 언론보다 유권자에게 더 밀접하게 다가갈 수 있고, 자신에게 우호적일 것이라 여겼기 때문이다. 하지만 워싱턴에서 거대 언론을 무시하는 태도는 아주 위험한 거였다. 워싱턴의 거대 언론들은 의회 내 힐러리의 적들과 손을 잡고 의료보험 개혁에 대해 무자비하게 공격했다.

이런 상황에서 힐러리의 뜻대로 되지 않는 건 사실 당연한 일이었다. 하지만 힐러리는 자신의 잘못을 인정하지 않았다. 그들과 화해하려고 하지도 않았고 오히려 더 강경하게 대응하려고 했다. 그러자 언론과 공화당은 힐러리와 백악관 내부의 작은 잘못들까지 샅샅이 파헤치기 시작했다.

결국 힐러리의 행적을 현미경처럼 들여다보던 언론은 아칸소에 있을 때 그녀가 토지 개발회사인 '화이트워터'에 투자했던 일을 밝혀냈다. 언론은 '화이트워터' 스캔들이란 이름으로 힐러리의 부도덕함을 비판하는 기사들을 쏟아냈다.

그리고 클린턴의 가장 큰 약점인 여자 문제를 다시 끄집어냈다. 클린턴이 아칸소 주지사 시절에 수많은 여성과 성적인 관계를 가졌다는 추측 기사를 냈고, 이 기사에서 파울라 존스라는 여자는 클린턴이 호텔방에서 자신에게 부도덕한 행위를 했다는 걸 인정하지 않으면 고소하겠다고 협박했다. 클린턴은 변호사를 통해 합의를 보려고 했다. 하지만 스캔들 자체를 인정하지 않으려는 힐러리의 고집 때문에 결국 파울라 존스는 대통령을 상대로 민사소송을 제기하고 말았다.

나쁜 일은 여기서 끝나지 않았다. 백악관 내부에서 재정적인 불법 행위를 덮으려고 여행 담당 직원을 해고한 사건이 벌어졌다. 언론에서는 이 사건을 '트래블 게이트'라고 부르며 수사 진행 상황을 기사로 연일 내보냈다. 이 일로 로즈 로펌에서 힐러리와 함께 일했던 빈스 포스터가 자살하고 말았다. 오랜 친구의 죽음에 힐러리는 망연자실했다. 그제야 힐러리는 반대파를 제거하기 위해 어떤 말과 행동도 서슴지 않는 워싱턴 의원들에게 두려움을 느끼게 되었다.

이런 사건들은 1994년 11월 중간 선거에서 악재로 작용했다. 결국 민주당은 선거에서 참패해 상원에선 8석을, 하원에선 무려 54석을 잃었다. 공화당은 1954년 아이젠하워가 대통령이었던 이래 처음으로 의회를 장악했다. 민주당이 패배한 주요 원인은 의료보험 개혁 실패와 세금 증가에 있었다. 의회의 지지를 받기 어려워진 클린턴 정부는 공약으로 내세웠던 것들을 추진하는 게 불투명해지고 말았다.

힐러리와 클린턴은 선거 실패에 책임감을 느끼며 괴로워했다. 1980년 주지사 선거에 실패했을 때보다 더 괴로워했다. 그리고 지금까지 해왔던 방식들을 바꿔야 한다는 걸 인정했다. 유권자들이 보내는 메시지를 외면했다간 재선에 실패할 게 뻔히 눈에 보였다. 힐러리 역시 그것을 잘 알고 있었다. 그리고 클린턴이 재기하기 위해선 힐러리가 자신의 역할을 바꾸어야 했다.

너무 달렸지,
속도 조절이 필요했어

1993년부터 1994년 중반까지 〈갤럽〉 여론조사에서 가장 존경받는 여성 1위에 오를 정도로 힐러리는 미국 여성들의 롤모델이었다. 하지만 이제 국민이 힐러리를 바라보는 눈빛은 차갑고 비판적이었다. 자신에 대한 여론이 부정적인 상황에서 계속 예전처럼 행동할 수는 없었다. 그래서 힐러리는 클린턴의 남은 임기 동안 행정부의 어떤 정책에도 개입하지 않기로 했다. '공동 대통령'이라 불릴 정도로 활발하던 그녀의 활동은 모두 중단되었고 백악관에선 더 이상 그녀의 모습을 볼 수 없었다. 클린턴은 힐러리의 역할을 대신할 사람으로 리온 파네타Leon Panetta를 정책국장으로 임명했다.

이제 힐러리는 전형적인 퍼스트레이디로서의 역할을 해내기로 했다. 클린턴과 함께 공식행사에서만 모습을 드러낼 뿐 정치적인 문제엔 나서지 않았다. 대신 원래 자신의 관심사였던 아동과 여성 문제에 더 집중하기로 했다.

그리고 퍼스트레이디로서 남아시아 5개국을 방문하는 첫 해외 순방 길에 올랐다.

그곳에서 힐러리는 각 정부의 최고위층과 접견하고 열다섯 살이 된 첼시와 함께 학교와 병원, 문화 기관들을 방문했다. 그리고 그 여정에서 힐러리는 믿을 수 없을 정도로 심각한 가난과 차별을 목격했다. 그녀가 미국에서 본 차별이나 가난과는 비교도 할 수 없을 정도로 처참하고 비인간적인 것이었다. 지독한 남녀불평등 사회에서 여성들이 차별과 편견을 극복할 수 있도록 도와주는 지역 프로그램을 방문하면서, 힐러리는 자신이 해야 할 일이 아직도 많다는 걸 깨달았다. 강대국 미국의 퍼스트레이디로서 미국뿐만 아니라 전 세계를 위해서도 봉사해야 한다는 걸 알아차린 것이다.

그 일을 계기로 미국 안에만 고정되어 있던 힐러리의 시선이 세계로 향하게 되었다. 힐러리의 심경 변화는 해외 순방에 동반한 기자들의 눈에도 보였다. 그래서 〈뉴욕 타임스〉는 '힐러리가 자신의 목소리를 내는 다른 방식을 찾았다. 바로 전 세계 여성과 어린이를 위한 목소리이다.'라고 보도했다.

힐러리는 '제4차 유엔여성회의'에 미국 대표단의 명예 단장으로 연설을 하러 중국을 방문했다. 힐러리는 연설에서 이렇게 말했다.

"세계가 지켜보는 이곳 베이징에서 여성의 권리와 인간의 권리가 다르다는 것을 더 이상 받아들여서는 안 된다고 말하고 싶습니다. 우리 여성들은 너무나 오랫동안 침묵해왔습니다. 제가 말하고 싶은 메시지는 오직 하나입니다. 그것은 인간의 권리가 곧 여성의 권리이며, 여성의 권리가 인간의 권리라는 사실입니다."

힐러리의 연설은 이 세상 모든 여성을 위한 성명서와도 같았다. 그리고 이 메시지를 실현시키기 위해 힐러리는 전 세계를 돌아다니며 여성의 인권을 향상시키려 노력했다. 힐러리가 미국의 퍼스트레이디로서 세계를 무대로 활동하며 세계인에게 호평을 받자 미국 내에서의 지지율도 서서히 올라가기 시작했다. 그리고 동시에 클린턴의 인기도 올라갔다.

클린턴 정부는 공화당이 장악한 의회에 맞서 꿋꿋하게 국정을 운영해나갔다. 경제를 살리기 위해 피나는 노력을 한 결과 1996년에는 국가 적자를 반 이상 줄였다. 경제가 호황을 맞이하면서 1천만 개의 일자리가 생겼고, 1천5백만 명의 저임금 근로자에게 세금감면 혜택을 주었다. 그리고 실직할 경우 의료보험 혜택을 받을 수 있도록 제도를 개선했다.

최저임금이 오르고 복지개혁이 성공했다는 결과가 나오면서 클린턴의 재선 가도에 청신호가 켜졌다. 그리고 예상대로 클린턴은 공화당의 대통령 후보인 밥 돌 상원의원을 가볍게 따돌리고 재선에 성공했다.

힐러리는 클린턴의 재임 기간 동안 여성과 어린이, 가족 문제에 관한 정책을 마련했다. 미국 국민과 여론은 힐러리가 추진하려는 정책들을 지지하며 긍정적인 평가를 보냈다. 그리고 클린턴도 정책에 호평을 받으며 지지율이 연일 상승곡선을 그려갔다. 사람들은 클린턴과 힐러리가 함께 나타나면 따뜻한 눈빛을 보내며 환호의 박수를 쳐주고 반갑게 맞이했다.

힐러리는 이제 좌절과 괴로움의 시간들은 다 지나갔다고 생각했다. 초기의 실패를 거울삼아 더욱 신중하게 개혁을 추진해나가면 된다고 생각했다. 그러나 현실은 힐러리의 생각과는 정반대로 펼쳐져 갔다.

실패를 통해 정치가
무엇인지 알게 된 거야

열두 번 넘어져도 버릴 수 없어야
진짜 꿈인 게지

클린턴이 재선에 성공한 것은 민주당 입장에선 분명 기쁜 일이지만, 경쟁자인 공화당에게는 몹시 곤란한 일이었다. 1996년 선거에서 의회의 다수당이 된 공화당은 클린턴의 재선을 저지하기 위해 계속 클린턴 행정부를 흔들어댔다. 그런데 온갖 시도에도 불구하고 클린턴이 재선에 성공해버렸다. 공화당 입장에서는 그냥 가만히 앉아서 클린턴 행정부가 순항하도록 내버려둘 수는 없었다. 끈질기고 집요한 클린턴의 적들은 호시탐탐 기회를 노렸다. 그러다 클린턴을 대통령 자리에서 끌어내릴 좋은 기회를 잡고야 말았다.

'파울라 존스'의 고소로 시작된 클린턴에 대한 수사가 4년째를 맞이하고 있었다. 특별검사 케네스 스타는 존스의 성추행 소송이 진행되는 동안 클린턴에 대한 수사를 집요하게 확대해갔다. 그런 와중에 스타 검사는 클린턴이 스물한 살의 백악관 인턴인 모니카 르윈스키와 성관계를 가졌다는 사실을 알게 되었다. 언론은 클린턴과 르윈스키와의 성추문을 대대적으로 보도했고, 기사가 나가자 미국이 발칵 뒤집어졌다.

하지만 클린턴은 그런 일이 없었다며 자신의 결백을 주장했다. 여기서 한발 더 나아가 클린턴은 1998년 1월 17일 대법원에 증인으로 나가 르윈스키와 성관계를 가졌다는 것은 사실이 아니라며 부인했다. 그런데 르윈스키의 친구, 린다 드립이 르윈스키가 클린턴과 부적절한 관계를 맺었다고 말한 통화 내용을 스타 검사에게 넘겼다. 사건 당사자의 진술이 담긴 증거를 확보한 스타 검사는 클린턴을 위증죄로 고소했다. 클린턴에게 일생일대의 위기가 닥치고 있었다.

사실 클린턴은 〈워싱턴 포스트〉지에 르윈스키와의 성추문 기사가 나오기 전에 힐러리에게 미리 이런 일이 있을 거라고 말해두었다. 그때 힐러리는 클린턴에게 솔직하게 진실을 말해달라고 요구했다. 하지만 클린턴은 진실을 털어놓지 않았고 오히려 힐러리에게 그런 일은 없었다고 거짓말을 했다. 그리고 힐러리는 클린턴의 거짓말을 믿기로 했다.

힐러리는 클린턴이 결혼생활 내내 자신에게 충실하지 않았다는 걸 잘 알고 있었다. 클린턴의 여자 문제가 터질 때마다 힐러리는 하늘이 무너지는 것처럼 실망하고 괴로워했다. 하지만 힐러리는 클린턴과 이혼하는 것보다 그가 하는 거짓말을 믿는 쪽을 택했다. 왜냐하면 그의 말이 완전한 거짓말이 아니었던 때도 잦았기 때문이다.

클린턴의 적들은 자주 말도 안 되는 것으로 트집을 잡았고, 있지도 않은 루머를 퍼뜨렸다. 어느 순간부터 진실과 거짓이 모호해진 상황에서 클린턴의 말을 모두 거짓으로 몰아붙일 수는 없는 노릇이었다.

그래서 힐러리는 클린턴의 말을 믿고 르윈스키와의 스캔들로부터 남편의 정치적 생명을 지키는 쪽을 택했다. 그리고 이 문제로 클린턴이 정치적으로 몰락한다면 그 여파가 자신에게도 미칠 것임을 잘 알았기 때문에 사람들에게 클린턴이 결백하다고 주장했다.

"보수파에선 남편이 대통령 선거에 출마할 때부터 끊임없이 추문을 만들어냈어요. 여자 문제와 관련된 이런 추문은 그들이 만들어낸 수많은 음모 중에 하나일 뿐이라고 생각합니다."

힐러리의 말은 일정 부분 사실이었다. 공화당의 정적들은 클린턴을 대통령직에서 끌어내리기 위해 뒤에서 스타 검사를 돕고 있었다. 이런 사실이 있기 때문에 힐러리의 주장은 설득력 있게 다가갔다. 그리고 힐러리가 남편의 결백을 주장하고 나서자 국민도 클린턴에 대한 지지를 거두지 않았다.

사실 국민도 클린턴이 사생활에 문제가 많다는 걸 알고 있었다. 그렇지만 클린턴이 대통령으로서 이룬 성과가 많았기에 이런 문제로 그를 탄핵시켜야 한다는 여론은 높지 않았다. 하지만 클린턴의 정적들은 그를 탄핵시키기 위한 시도를 멈추지 않았다.

1998년 8월 6일, 모니카 르윈스키는 대배심에서 자신과 대통령 사이에서 일어났던 일을 소상하게 진술했다. 그리고 스타 검사는 대통령에게 증언을 요청하는 소환장을 보냈다. 이제 클린턴은 선택의 기로에 놓이게 되었다.

만약 대배심 앞에서 불리한 증언을 하지 않았다가 거짓말임이 드러나면 정치생활을 포기하는 것이나 다름없었다. 만약 혐의를 인정한다면 힐러리에게 거짓말을 했다는 걸 드러내는 셈이었다. 그런데 궁지에 몰린 클린턴으로선 힐러리에게 진실을 말하고 도움을 요청하는 길밖에 없었다. 결국 클린턴은 힐러리에게 르윈스키와의 스캔들이 사실이었다고 고백하고 말았다.

힐러리는 큰 충격을 받았다. 클린턴의 고백은 지금까지 자신을 지탱시켜준 축을 무너뜨리는 것이었다. 사실 힐러리도 클린턴이 여자 문제에 부도덕한 면이 있다는 걸 알고 있었지만, 그럼에도 그의 결백을 믿으려고 했고, 믿고 싶어 했다. 하지만 그것이 어리석은 짓이었다는 걸 클린턴의 입으로 확인받고 말았다. 힐러리는 깊은 상처를 받고 지독한 배신감에 휩싸였다.

이틀 뒤 클린턴은 대배심 앞에서 네 시간에 걸쳐 증언을 했다. 그리고 국민에게 거짓말을 했으며, 가족과 친구, 국가를 혼란에 빠뜨린 것에 사과하는 연설을 했다. 보통 때 같으면 클린턴을 위로하고 격려했겠지만, 힐러리는 차가운 눈으로 그의 연설을 지켜보았다.

이제 언론과 국민의 관심은 힐러리에게 쏠렸다. 그녀의 불행을 안타까워하면서 이 문제로 힐러리가 클린턴과 이혼할 거라고 예측하기도 했다. 설령 클린턴이 재임 중에 이혼한다고 해도 모두 힐러리를 이해할 분위기였다. 하지만 힐러리는 이혼 대신 클린턴의 옆에 있기로 했다. 클린턴의 스캔들이 여성으로서, 아내로서의 삶에 타격을 주긴

했지만 미국 사회를 변화시키겠다는 자신의 열망을 굴복시킬 만큼은 아니었기 때문이다. 또한 사랑하는 딸 첼시를 생각하며 마음을 다잡기도 했다.

독립된 정치인으로서의
길이 열렸어

힐러리가 남편을 믿고 지지하는 태도를 취하자 클린턴에 대한 비난 여론도 수그러들기 시작했다. 여전히 클린턴을 탄핵해야 한다는 의견이 높기는 했다. 만약 힐러리가 남편을 비난하며 이혼을 선언했다면 클린턴에게 불리한 쪽으로 상황이 흘러갔을지도 모른다.

힐러리는 클린턴과 함께 공식석상에 모습을 드러냈다. 아무 일도 없었다는 듯 그들은 예전처럼 미소 띤 얼굴로 서로를 바라보았다. 사람들 눈에 힐러리와 클린턴은 완전히 화해한 것처럼 보였다. 그리고 힐러리의 웃는 얼굴은 사람들에게 동정심을 불러일으켰다. 저렇게 똑똑한 여자

도 남편의 외도를 참고 견디는 것에 인간적인 연민을 느
낀 것이다.

또한 사람들이 힐러리에게 동정심과 연민을 느끼면서
그동안 힐러리가 가졌던 지나치게 강해 보이는 이미지가
많이 희석되기도 했다. 그러면서 힐러리에 대한 지지율이
점점 높아져 갔다. 클린턴의 인기를 앞지른 힐러리의 지
지율은 1998년 말에 70%에 육박할 정도였다.

그런데 국민의 여론에도 불구하고 공화당은 클린턴의
탄핵 절차에 들어갔다. 1998년 12월 19일, 클린턴은 대배
심에 대한 위증과 사법방해 혐의로 하원에서 탄핵을 당했
다. 하지만 5주 동안의 상원 심의를 거쳐 결국 무죄를 선
고받았고 1년 넘게 미국을 떠들썩하게 만들었던 르윈스
키 스캔들은 그렇게 막을 내렸다.

르윈스키 스캔들로 힐러리는 인간적으로 큰 상처를 입
었다. 하지만 정치적으로는 독립할 수 있는 기회가 되기
도 했다. 클린턴이 상원의 탄핵 재판을 받고 있던 1999년
초, 뉴욕의 대니얼 패트릭 모이니한 상원의원은 재선에

도전하지 않겠다고 발표했다. 그러자 민주당 지도부에서는 힐러리에게 뉴욕 주 상원의원에 출마할 것을 제안해왔다. 당시 힐러리의 인기와 지지율로 봤을 때 충분히 승산이 있었기 때문이다.

힐러리는 그 제안을 받고 기쁘기는 했지만 조심스러웠다. 퍼스트레이디의 신분으로 다시 정치 일선에 나서는 걸 국민이 어떻게 볼지 걱정스러웠던 것이다. 또 뉴욕 주는 지금까지 한 번도 여성의원이 당선된 적이 없었다. 게다가 그녀는 뉴욕 토박이도 아니었고, 공화당에선 힐러리의 강력한 적수인 루돌프 줄리아니 뉴욕 시장이 출마할 예정이었다.

이런 위험 요소를 안고 상원의원 선거에 출마하는 것이 과연 옳은 일인지 힐러리는 판단이 서지 않았다. 주위에선 모험을 하는 것보다 지금까지의 명성을 바탕으로 국제 무대 활동에 주력하는 것이 더 낫다는 조언을 하기도 했다. 힐러리가 이렇게 고민하고 있을 때 클린턴이 출마를 해보라고 격려를 보내왔다.

"여보, 당신이 선거에 나간다면 이번엔 내가 당신을 도울게. 당신 도움으로 내가 꿈을 이뤘잖아. 이제는 당신 차례야."

힐러리는 오랫동안 정치인 힐러리가 아니라 정치인 클린턴의 아내라는 이름으로 살아왔다. 내용상으론 정치적 파트너인 건 분명했지만, 그래도 클린턴의 조연 역할에 머무른 것이 사실이었다.

오래전 힐러리는 남편의 조연이 아니라 자기 인생의 주인공으로 살겠다고 결심했다. 이제 그 결심대로 자기 인생의 주인공으로, 정치인 힐러리로 독립해야 할 때가 되었다고 생각했다. 클린턴의 격려에 용기를 얻은 힐러리는 상원의원 선거에 출마하기로 결심했다.

힐러리는 미국의 퍼스트레이디 신분으로 상원의원 선거에 출마했다. 역사적으로 전례가 없는 일이었다. 힐러리가 상원의원 선거에 출마하겠다고 선언하자 민주당의 경쟁자들이 줄줄이 경선을 포기했다. 또한 강력한 경쟁자였던 공화당의 루돌프 줄리아니 시장도 건강상의 이유로 사퇴 의사를 밝혔다.

2000년 11월 7일, 힐러리는 뉴욕 주 상원의원에 당선되었다. 퍼스트레이디가 상원의원 선거에 출마해 당선된 것은 최초의 일이기에, 미국 전체 정치 역사와 힐러리 개인 모두에게 큰 의미를 지닌다. 이때부터 힐러리는 빌 클린턴의 조력자이기보다는 독립적인 정치인으로서 자신의 정치 철학을 실현하기 위한 활동을 시작했다.

2000년 11월 7일, 힐러리는 55% 대 43%의 득표율로 미국 상원의원에 당선되었다. 직업을 가진 퍼스트레이디를 넘어 공직에서 활동하는 퍼스트레이디가 된 것이다.

힐러리는 상원에서 가장 유명한 정치인이 되었다. 그리고 그녀의 영향력은 날로 커져갔지만 힐러리는 초선의원답게 품위 있고 겸손하게 행동했다. 클린턴과 함께 백악관에 처음 들어왔을 때의 모습과는 많이 달라진 태도였다. 그녀는 클린턴의 탄핵 재판 때 찬성표를 던졌던 사람들과 협력할 만큼 여유를 보였으며, 자신의 의견에 반대하는 사람들과 미소를 잃지 않고 끝까지 대화를 나누었다. 그리고 정적들과 티타임을 가질 정도로 유화적으로 변했다. 힐러리의 관대하고 수용적인 태도는 정적들마저 존경심을 보일 정도였다.

수많은 시련과 실패는 힐러리를 변화시켰다. 그녀의 모나고 강한 면들은 시련의 시간들을 지나오면서 부드러운 곡선으로 다듬어졌다. 이제 자신이 옳다고 믿는 것에 앞뒤 가리지 않고 덤벼들던 공격적인 힐러리는 사라졌다. 하지만 태도가 변했다고 해서 그녀의 의지와 신념이 변한 건 아니었다.

　힐러리의 마음속에는 미국을 더 나은 국가로 발전시키겠다는 의지가 활활 불타고 있었다. 정치의 목적은 국민의 행복을 위한 것이라는 그녀의 신념은 조금도 흔들리지 않았다. 이제 정치가로서 스스로의 길을 가는 힐러리는 오래전부터 가져왔던 신념과 목표를 이루기 위해 한발 한발 나아가고 있었다.

Part

4

오래된
프레지던트의 꿈을
꺼내다

웰즐리여대 1학년 때, 힐러리는 친구들에게 미국 최초의 여성 대통령이 되
겠다고 선언했다. 그리고 종이에 자신이 구성할 내각의 명단을 적었다. 그
때는 누구도 힐러리의 꿈이 현실이 될 거라고 믿지 않았다. 하지만 힐러리
는 살아오는 동안 그 꿈을 단 한 번도 잊지 않았다. 좌절과 실패의 순간에
도 포기한 적은 없었다. 이제 그 오래된 꿈을 꺼낼 때가 되었다.

40년 된 내 꿈을
꺼내보기로 했어

편견을 넘어
정치인으로 인정받게 되었어

2000년 11월 7일, 미국의 제43대 대통령 선거가 실시되었다. 공화당 후보는 41대 미국 대통령을 역임한 조지 허버트 부시 대통령의 아들, 조지 부시였다. 민주당 후보는 빌 클린턴 정부 때 부통령을 지낸 앨 고어였다. 선거 결과는 공화당 후보인 조지 부시의 승리로 끝났다. 아쉽게도 클

린턴 정부는 개혁 정책의 성공으로 미국 경제를 부흥시켰
지만 정권 연장에는 실패했다.

선거가 끝나자 언론과 국민 여론은 급속도로 클린턴에
게서 새 대통령인 조지 부시에게로 넘어갔다. 이제 클린
턴은 역사의 뒤안길로 사라지고 백악관 벽에 붙어 있는
역대 대통령의 초상화로 등장하는 일만 남아 있었다. 그
런데 신기하게도 힐러리를 향한 스포트라이트는 조금도
사그라지지 않았다. 마치 클린턴을 향했던 마이크가 모두
힐러리에게 넘어온 듯 모든 언론이 그녀의 일거수일투족
을 뉴스로 내보냈다. 2001년 1월 21일, 클린턴과 힐러리
가 백악관에서 나오는 모습을 방송에 내보낼 때도 언론의
관심은 오직 힐러리의 심기에 맞춰져 있었다.

여전히 국민 사이에선 힐러리에 대한 동정의 여론이 높
았다. 또 그만큼 퇴임 후에 힐러리와 클린턴이 이혼할 것
일지에 대한 궁금증도 많았다. 사실 국민은 힐러리가 상
원의원이 되었어도 정치인으로 바라보는 게 아니었다. 여
전히 힐러리에 대한 관심은 바람둥이 남편 때문에 속 썩

는 불행한 아내라는 것에 맞춰져 있었다.

힐러리도 이 사실을 잘 알고 있었다. 하지만 자신에 대한 국민의 시각을 억지로 바꾸려고 하지 않았다. 클린턴의 아내가 아니라 상원의원 힐러리로 봐달라 요구한다고 사람들의 인식이 쉽게 바뀌지 않을 거라는 걸 잘 알고 있었기 때문이다. 조용히 정치인으로 입지를 다지고 역량을 높이면 어느 순간 정치인 힐러리로 평가받을 것을 알고 있었다.

그래서 힐러리는 초선의원 시절 일부러 언론의 주목을 받을 일을 삼갔다. 되도록이면 자신의 지역구인 뉴욕 주에 관한 일에만 집중하고 전국적인 정치 이슈에는 발언을 자제했다. 사실 그녀는 정치인으로선 신인이지만, 결코 신인이라 볼 수는 없었다. 선출직에 나온 건 처음이지만 웬만한 중견 정치인 정도의 정치 경력을 가지고 있었다. 무엇보다 퍼스트레이디 출신의 상원의원이란 점에서 정치적 무게가 달랐다. 힐러리의 발언은 단순히 초선의원의 의견이 아니라 민주당의 당론에 영향을 줄 정도로 영향력이 컸다. 이것을 잘 알기에 되도록 발언에 신중을 기하고 모든 면에서 겸손하고 낮은 자세를 취했다.

힐러리는 정치적인 문제뿐만 아니라 생활적인 면에서도 겸손하게 행동하려고 했다. 상원에서는 초선의원에게 의사당 지하의 작은 사무실을 배당한다. 방문객이 많은 힐러리에겐 너무 작고 불편한 방이었다. 퍼스트레이디라는 신분을 내세워 더 크고 좋은 사무실을 요구할 수도 있었다. 하지만 힐러리는 방을 바꿔달라는 요구 같은 건 한 마디도 하지 않고 아무 불평 없이 그 방을 썼다. 힐러리는 지금 더 크고 좋은 방을 쓰는 건 중요한 문제가 아니라는 걸 잘 알고 있었다. 중요한 건 동료들과 국민에게 정치인으로서 인정받고 존경받는 것이었다. 그걸 잘 알기에 힐러리는 퍼스트레이디로서의 특권은 버리고 이제 첫 선출직에 오른 정치인답게 행동하려고 했다.

그렇게 초선의원으로서 조용히 정치적 입지를 다져가고 있는 중에 전국적인 관심을 받게 되는 일이 발생했다. 바로 2001년 9월 11일에 뉴욕 맨해튼에 있는 세계무역센터가 테러리스트의 공격을 받고 무너진 9·11 테러였다.

텔레비전 뉴스에 나온 테러 장면을 보고 미국뿐만 아니라 전 세계가 경악했다. 미국 전체가 공포와 슬픔에 휩싸였지만 뉴욕 주의 상원의원인 힐러리는 슬퍼할 겨를조차 없었다. 처참하게 무너진 건물잔해를 치우고 수많은 사상자를 수습하고 부상자를 구조해 치료하기 위해 미국 전체가 매달려야 했다. 이 엄청난 비극을 수습하기 위해서는 많은 인력과 자금이 필요했다. 이것을 잘 알고 있기에 힐러리는 테러가 일어나자마자 뉴욕 시의 복구 자금과 인력 지원을 받아내기 위해 뛰어다녔다. 그리고 연방정부로부터 자금을 받아대는 데 탁월한 능력을 가진 로버트 버드 상원의원의 도움을 받아 복구에 필요한 자금과 인력을 지원받는 데 성공했다.

9·11 테러 참사를 수습하는 과정에서 보여준 힐러리의 빠른 판단력과 정치력은 동료 정치인들뿐만 아니라 국민에게도 깊은 인상을 주었다. 이제 사람들은 클린턴의 아내, 퍼스트레이디였던 힐러리가 아니라 정치인 힐러리로서 보기 시작했다. 그리고 점점 힐러리에게 국가적 사안에도 의견을 내주기 바라고, 그녀의 발언에 주목하기 시

작했다. 힐러리 역시 자신에 대한 사람들의 인식이 변하고 있다는 걸 느꼈다.

실수는 언제든
바로 잡는 용기가 필요해

9·11 테러는 미국을 비롯한 전 세계에 엄청난 후유증을 남겼다. 부시 정부는 테러의 주범이 오사마 빈 라덴을 중심으로 한 이슬람 극단주의자들이며, 이들을 뒤에서 후원한 이가 이라크의 사담 후세인이라고 결론지었다. 부시 대통령은 전 세계의 평화를 위해 이슬람의 테러리스트들을 뿌리 뽑고 그들의 중심축인 사담 후세인을 제거해야 한다고 선언했다. 즉 이라크와의 전쟁을 선포한 것이다.

　부시 정부는 이라크의 대량살상무기를 제거한다는 명분으로 상원의회에 이라크와 사담 후세인에게 무력을 사용할 수 있는 권한을 요청했다. 2002년 10월 10일, 상원의회는 부시 정부의 요청을 받아들여 이라크와의 전쟁을 승인했다. 이때 힐러리도 전쟁을 찬성하는 쪽에 표를 던졌다. 이로써 힐러리는 처음부터 이라크 전쟁을 열렬하게 지원한 의원 중 한 사람이 되었다. 그리고 이 일로 베트남 전쟁을 반대했던 반전주의자 힐러리가 변절했다는 비판을 받게 되었다.

하지만 힐러리가 이라크 전쟁에 찬성표를 던지게 된 데에는 중대한 오해가 있었다. 힐러리는 대통령에게 이라크와 전쟁을 벌일 수 있을 정도의 권한을 주면, 그 권한으로 유엔사찰단을 이라크로 보내 후세인이 가진 대량살상무기의 실태를 파악할 거라고 판단했다. 힐러리뿐만 아니라 상원의원 중에 이렇게 받아들이는 의원들이 꽤 있었다. 그렇게 생각할 수밖에 없는 것이 당시 부시 정부의 국가안보 보좌관이었던 콘돌리자 라이스가 그렇게 말했기 때문이다. 그래서 찬성표를 던지는 것이 선제공격을 찬성한다는 뜻으로 오용될 수 있다는 걸 생각하지 못했다. 이때의 오판은 힐러리를 비롯해 전쟁에 찬성표를 던진 민주당 의원들에게 엄청난 재앙으로 돌아왔다.

만약 이라크 전쟁이 부시 정부의 말대로 단기간에 끝났

다면 큰 문제가 안 되었을 것이다. 하지만 전쟁은 몇 년 동안 이어졌고, 보도되는 이라크의 참상은 반전의식에 불을 지피게 만들었다. 또 장기간의 전쟁으로 경제에 악영향을 주면서 국민 여론은 빨리 전쟁을 끝내라는 쪽으로 급격하게 형성되었다.

결국 힐러리는 2006년 겨울, 자신의 오판을 인정하며 이라크 전쟁에 찬성했던 의견을 거둬들였다. 그리고 미군이 이라크에서 철수하는 법안에 찬성표를 던졌다. 국민은 힐러리의 이런 모습에 지지를 보냈다. 비록 정치적 잘못을 했지만, 그 잘못을 깨끗하게 인정하는 모습에서 그녀에게 진정성과 참신함을 느낀 것이다. 국민은 뻔히 자신의 잘못이 드러났는데도 온갖 변명과 괴변으로 일관하거나 아무 일도 없었다는 듯 뻔뻔하게 넘어가는 정치인들의 모습에 진저리를 치고 있었다. 철면피 같은 정치인들의 모습만 보다가 자신의 잘못을 깨끗하게 인정하는 힐러리의 태도를 보자 희망과 신뢰를 느꼈다.

이제 국민은 아무도 힐러리를 바람둥이 남편을 둔 불행한 아내로 여기지 않았다. 마치 그런 일이 없었다는 듯 모두 힐러리를 능력 있고 신뢰할 만한 정치인으로 여기게 되었다. 그러면서 차기 대선에서 민주당의 유력한 대통령 후보로 힐러리의 이름이 사람들 입에 오르내리기 시작했다. 민주당 내 정치인들 사이에서도 힐러리를 후보로 인정하는 분위기가 형성되었다.

자유주의를 중시하는 미국 사회이지만 정치적인 부분에선 보수적인 색채가 강한 편이다. 특히 여성 정치인에 대해선 유리천장이라고 부르는 어떤 한계점이 분명히 있었다. 그래서 여성이 대통령이 되는 것에 대해 난색을 표하는 이들도 많았다. 이유는 여성 정치인들은 교육이나 복지, 경제 분야에 대해서는 잘 알고 있지만 국가 운영에서 가장 중요한 국방과 안보에 대해서는 경험이 없고 알지도 못한다는 것이었다. 하지만 힐러리는 이 점에 있어서 그들의 비판을 잠재울 좋은 경험이 있었다.

힐러리는 상원의원이 된 지 3년 차가 되던 해에 이라크와의 전쟁에 찬성표를 던진 공로로 군사분과위원회에 임명되었다. 초선의원이 이 위원회에 들어가는 경우는 매우 드문 일이었다. 사실 힐러리도 이 위원회에 들어가려고 많은 애를 썼다. 왜냐하면 대통령에 출마하기 위해선 이 위원회를 꼭 거쳐야 한다는 걸 알았기 때문이다. 힐러리가 대통령에 당선되려면 진보적인 민주당 지지자들의 표만으론 힘들었다. 보수파의 표를 받기 위해선 국방에 대해 잘 알고 있다는 이미지를 줘야 했다.

선거에서 이기기 위해서뿐만 아니라 대통령에 당선되어 국정을 운영하기 위해서도 군사분과위원회에서 활동할 필요가 있었다. 군대를 경험하지 못한 클린턴은 임기 내내 국방 분야에 취약했던 것이 큰 약점이었다. 힐러리는 이런 것들을 옆에서 지켜보면서 국정을 운영하기 위해선 국방에 대한 지식과 안목이 필요하다는 걸 뼈저리게 느꼈다. 그래서 국방문제에 관해서라면 정책과 전략, 무기 등 이론과 실전에 대해서까지 모두 알려고 했다.

이렇게 이라크 전쟁으로 인한 후폭풍은 힐러리에게 오점이 되기도 했지만 기회로도 작용했다. 그리고 2006년 상원의원에 재선되면서 힐러리의 대통령 출마는 점점 사실로 굳혀졌다. 힐러리 역시 대통령 선거에 출마했을 때 선거운동을 맡을 직원을 채용하는 등 조금씩 꿈을 실현시킬 준비를 하기 시작했다.

웰즐리여대 1학년 때, 힐러리는 친구들에게 미국 최초의 여성 대통령이 되겠다고 선언했다. 그리고 종이에 자신이 구성할 내각의 명단을 적었다. 그때는 누구도 힐러리의 꿈이 현실이 될 거라고 믿지 않았다. 하지만 힐러리는 살아오는 동안 그 꿈을 한 번도 잊지 않았다. 좌절과 실패의 순간에도 그 꿈을 포기하지 않았다. 이제 40여 년의 세월 동안 꺾이지 않고 간직해 온 꿈을 꺼낼 때가 오고 있었다.

졌지만 최선을 다했기에
후회는 없어

대선은

역시 전쟁이었어

2007년 1월 20일, 힐러리는 자신의 홈페이지에 2008년 제44대 대통령 선거에 출마하겠다는 글을 올렸다. 출마선 언문이었다.

반응은 두 가지로 나뉘었다. 힐러리의 출마를 기대했던 사람들은 그녀의 결정을 환영하고 지지했다. 물론 힐러리의 출마를 달갑지 않게 여기는 사람들도 있었다. 힐러리가 대통령에 당선되면 국정 운영을 잘해낼 거라고 긍정적으로 평가하면서도, 힐러리와 클린턴이 다시 백악관으로 들어가는 것을 바라지 않은 것이다. 그 이유는 힐러리의 당선이 결국 클린턴 정부의 재탕밖에 안 될 거라고 여겼기 때문이었다.

힐러리도 사람들의 이런 우려에 대해 많이 생각했다. 하지만 반대파들의 우려와 편견이 두려워 대통령 출마를 포기할 힐러리는 아니었다. 그녀는 그들의 우려에 대해 해명하려고 들기보다 정면 돌파하는 쪽으로 마음을 먹었다. 힐러리는 출마선언문에 이라크전의 조기 종식과 재정 적자 해소, 그리고 에너지 자급자족 달성을 공약으로 내걸었다. 그리고 핵심공약으로 전 국민이 의료보험 혜택을 받을 수 있는 의료보험제도 개혁을 천명했다. 이 공약은 클린턴 정부 때 힐러리가 시도했다가 실패한 의료보험 개혁 법안을 골자로 한 것이었다. 즉 힐러리는 그때 실패했던 개혁을 대통령이 되면 다시 시도하겠다는 의지를 밝힌 것이었다.

선진국 중에서 미국만 전 국민을 위한 의료보험제도가 없어 의료 민영화가 가장 발달했다. 일정 조건을 갖춘 빈곤층이나 노인층은 국가의 지원을 받을 수 있지만 그 외의 사람들은 비싼 사보험에 가입해야 의료보험 혜택을 받을 수 있었다. 하지만 보험료가 무척 고가에다가 보험에 가입했어도 지나치게 높은 병원비와 약값 때문에 제대로 혜택을 받기 어려웠다. 개인 파산의 60% 이상이 병원비 때문일 정도로 높은 의료비는, 국민의 삶을 위험하게 만들고 있었다. 세계 최고의 의료기술을 가졌지만 미국인들의 건강 수준은 세계 30위밖에 되지 않을 정도로 사보험을 위주로 한 의료제도는 국가와 국민에게 큰 고통을 주고 있었다.

그래서 역대 민주당의 대통령 후보들은 선거 때마다 의료보험제도를 개혁하겠다는 공약을 내걸었다. 프랭클린 루스벨트 정부는 소셜 시큐리티 사회보장제도를 마련했고, 린든 존슨 정부는 메디케어를 제정하는 등 의료 개혁을 위해 노력했다. 민주당이 정권을 잡을 때마다 전국민 의료보험제도를 실시하기 위해 끊임없이 시도했다. 하지만 민간 보험회사, 제약회사 등 현 의료제도의 기득권들의 저항에 부딪혀서 매번 실패했다. 클린턴 역시 전국민 의료보험제도 실시를 핵심 공약으로 내걸었지만, 기득권의 반발에 개혁을 포기했다.

그런 점에서 보자면 힐러리가 의료보험제도 개혁을 공약으로 내건 것이 의례적인 것으로 보일 수 있었다. 하지만 의료보험 개혁에 대한 힐러리의 의지와 내용은 다른 대통령 후보들과 많이 달랐다. 백악관에서 보낸 8년의 세월과 상원의원으로서 산 7년의 시간 속에서 힐러리는 의료보험제도의 개혁 없이는 미국의 발전과 국민의 삶에 변화를 줄 수 없다는 걸 깨달았기 때문이다. 그리고 경제력 차이가 의료 불평등으로 이어지는 이 구조를 혁파할 사람은 자신밖에 없다는 것도 알고 있었다. 왜냐하면 자신은 이미 시도해서 실패해본 경험이 있기 때문이다. 힐러리의 열혈 지지자들 역시 그녀의 경험에 많은 기대를 걸고 있었다. 힐러리라면 전 국민이 의료 혜택을 받을 수 있는 의료보험 개혁을 성공시킬 수 있을 거라고 생각했다.

이런 기대감과 화려한 정치 경력, 그리고 '결코 실수하지 않을 강력한 논쟁자'라는 명성으로 힐러리의 지지율은 민주당 경선 후보자 8명 중에서 늘 선두를 지켰다. 그리고 지지율만큼 그녀의 후원금 모금액도 경쟁자들 중에서 최고를 달성했다.

힐러리가 민주당의 가장 유력한 대통령 후보로 지목받고 있었지만 그녀의 경쟁자들 역시 만만치가 않았다. 일리노이 주 상원의원인 버락 오바마와 2004년 대선에서 부통령 후보였던 존 에드워즈가 힐러리와 치열한 경쟁을 벌일 인물들로 떠오르고 있었다. 싸움이 끝날 때까지 아무도 결과를 예측할 수 없는 팽팽한 접전이 벌어졌다.

2007년 12월에 아이오와, 뉴햄프셔, 사우스캐롤라이나 등 전당대회가 열린 주요 주에서 힐러리와 오바마의 경쟁은 더욱 치열해졌다. 힐러리에 비해 정치 경력은 부족하지만 오바마에겐 인터넷에서 활동하는 1만5천 명의 열혈 지지자가 있었다. 오바마를 통해 더 좋은 미국을 만들고 싶어 하는 열혈 지지자들은 그의 당선을 위해 헌신적으로 선거운동을 벌였다.

  오바마 지지자들의 활약 때문인지 2008년 1월 3일, 아이오와 민주당 전당대회에서 힐러리는 오바마와 에드워즈에 이어 3위를 차지하고 말았다. 이 결과는 힐러리가 민주당의 대권주자가 될 거라는 대세론에 급제동을 걸기에 충분했다. 반면 상승세를 타고 있던 오바마의 대세론에는 힘을 실어주었다. 많은 정치 평론가가 다음 선거 지역인 뉴햄프셔에서 힐러리가 지게 되면 대통령 후보가 될 생각을 포기해야 할 거라고 전망했다. 그런데 뉴햄프셔의 지지율이 오바마가 힐러리를 앞서가고 있었다. 여러모로 상황이 불리하게 돌아가고 있었다.

지는 걸 알았지만
끝까지 완주한 거야

힐러리로서는 오래된 꿈을 어렵게 꺼낸 것인데 여기서 무너질 수 없었다. 힐러리는 어느 때보다 절실한 심정으로 뉴햄프셔에서 지지를 호소하는 연설을 했다. 연설이 끝나고 포츠머스에서 온 한 여성 유권자가 힐러리에게 질문을 했다.

"저는 여성들이 외출 준비를 하는 게 얼마나 힘든지 잘 알아요. 평범한 여성들은 머리 손질을 직접 하는데, 당신은 누가 해주나요? 그리고 당신은 외출할 때 어떤 마음으로 집에서 나오나요?"

그녀의 질문은 힐러리의 평범한 일상에 대해 묻는 것이었다. 하지만 몇 주 동안 경쟁자들의 공격에 시달리고 오바마에게 뒤처지는 것에 초조해 있던 힐러리는 그 질문을 그렇게 단순하게 받아들이지 않았다. 그녀는 '당신은 외출할 때 어떤 마음으로 집에서 나오나요?'라는 말을 '당신이 정치를 계속할 수 있는 용기는 어디서 나오나요?'라는 뜻으로 해석했다. 힐러리는 매우 진지한 표정으로 이렇게 대답했다.

"내게는 선거가 무척 개인적인 일입니다. 정치적인 것만은 아니에요. 저는 지금 이 시기에, 이 나라에서 어떤 일이 벌어지고 있는지 잘 압니다. 우리는 그것을 바꿔야 해요. 어떤 사람들은 선거가 이기고 지는 게임이라고 생각하죠. 하지만 선거는 국가와 관련된 일입니다. 우리 아이들의 미래와 관련된 일이고, 우리 모두와 관련된 일입니다. 이번 선거는 지금까지 거쳐 온 어느 선거보다 중요합니다. 저는 우리 미국이 퇴보하지 않기를 바랄 뿐입니다. 그래서 저는 아무리 지치고 힘들어도 도전을 멈출 수가 없습니다."

쉰 목소리로 눈물을 글썽이며 말하는 힐러리의 모습에서 그녀의 인간적인 면모가 드러났다. 여성이기에 남성 후보들보다 약하게 보이지 않으려고 애써 강하고 단호한 이미지만 보여주려던 힐러리의 가면이 벗겨지는 순간이었다. 그리고 사람들은 벗겨진 가면 사이로 세상을 좋은 쪽으로 바꿔보고 싶어 하는 힐러리의 진심을 보게 되었다. 그것이 사람들의 마음을 움직였다.

힐러리는 오바마가 승리할 거라는 여론조사의 예측을 깨고 뉴햄프셔에서 승리를 거뒀다. 많은 정치 평론가가 눈물을 글썽이며 대답하던 힐러리의 인간적인 모습이 사람들에게 좋은 인상을 주었기 때문이라고 분석했다. 하지만 뉴햄프셔의 승리에도 불구하고 상황은 여전히 불리했다. 대세는 이미 오바마 쪽으로 기운 상태였다. 그렇다고 포기할 정도는 아니었다. 아직은 막상막하의 대결이었다.

힐러리와 오바마는 전국의 예비 선거와 전당대회에서 치열한 경쟁을 벌였다. 이 경쟁은 두 사람만의 대결이 아니었다. 두 사람을 지지하는 지지자들끼리의 대결이기도 했다. 힐러리의 핵심 지지층은 미국 역사상 첫 여성 대통령을 보고 싶어 하는 노년층과 근로자, 여성들이었다. 오바마는 미국 역사상 첫 흑인 대통령을 통해 정체되어 있는 미국을 파격적으로 바꾸고 싶어 하는 젊은층과 흑인들의 전폭적인 지지를 받았다. 둘 중 누가 되든 유례가 없는 일이었다.

2008년 3월 중순, 힐러리는 인기투표뿐 아니라 민주당 전당대회에서 선출된 대의원 수에서 오바마에게 뒤지고 있었다. 단 10개 주의 투표를 남겨두고 있는 상황에서 오바마를 따라잡는 것은 현실적으로 불가능해 보였다. 주위에서 후보 사퇴를 권유하기 시작했다. 하지만 힐러리의 사전에 중도 포기란 말은 없었다. 남은 예비 선거에서 확실하게 승리한다면 민주당 후보로 지명될 가능성이 아예 없는 것은 아니었다. 힐러리는 실낱같은 희망을 가지고 남은 두 달 동안 선거운동에 전력을 다했다.

그 결과 마지막 예비 선거에서 14개 주 가운데 9개 주에서 승리하는 기염을 토했다. 하지만 대세를 거스르기에는 너무 늦은 상황이었다. 힐러리도 진다는 것을 알았지만 그래도 포기하지 않았다. 마지막 예비 선거에서 단 한 표라도 더 얻기 위해 끝까지 경쟁했다.

2008년 6월 7일, 마침내 힐러리는 오바마에 대한 패배를 깨끗하게 인정했다. 비록 경선에서 패배는 했지만, 그녀는 1천8백만 표를 얻은 역사적인 일을 이뤄냈다. 다음 세대의 여성들을 위해 가능성의 길을 닦아놓은 것이다. 힐러리는 연설에서 이렇게 말했다.

"지금 이 순간부터 여성이 미국 대통령이 될 수 있다는 생각은 별로 특별하게 여겨지지 않을 겁니다. 이번에 가장 높고 단단한 유리천장을 부수지는 못했지만, 그래도 여러분 덕분에 1천8백만 개의 금을 낼 수 있었습니다."

힐러리는 2008년 8월 26일, 콜라라도 덴버에서 열린 민주당 전당대회에서 민주당 후보로 지명받은 오바마를 지지하는 선언을 했다. 최선을 다해 싸운 자만이 할 수 있는 아름다운 승복이었다.

112개국을 다니며
세계의 리더로 성장했어

실질적 2인자인
국무장관을 맡았지

미국 최초로 하와이 출신의 아프리카계 미국인인 버락 오
바마가 대통령에 당선되었다. 인종차별 반대를 주장하던
마틴 루서 킹 목사가 세상을 떠난 지 40년 만에, 흑인이
대통령에 오를 정도로 미국 사회가 변화하고 있다는 증거
였다. 하지만 오바마는 미국 사회와 정계에선 여전히 비

주류였다. 따라서 인종과 성별, 계층을 아우르는 화합의 의지를 나타내고 변화된 미국의 모습을 보여주기 위해선 상징적인 인물이 필요했다. 오바마는 그 적임자가 힐러리 라고 생각했다.

그래서 오바마는 경쟁자였던 힐러리에게 미국 각료 중 최고의 자리인 국무장관 자리를 제안했다. 국무장관이란 미국 정부 국무부의 수장으로 외교부가 없는 미국 행정부 에서 외교장관 역할을 하는 자리다. 오바마에게는 힐러리 의 화려한 정치 경력과 자신에게 부족한 외교 경험, 그리 고 인맥이 필요했다. 만약 힐러리가 국무장관이 된다면 미 국이 동맹국들과 관계 회복을 할 때나, 적대국과 협상을 맺을 때 그녀의 명성과 신뢰도 등이 큰 도움이 되어줄 거 라 생각했다.

힐러리 역시 비록 선거전에서는 치열한 경쟁을 벌였지 만 정치적 이념이 같은 오바마 정부가 성공하길 바랐다. 그래서 오바마의 제안을 수락했다. 사실 힐러리 입장에서 도 상원의원으로 남기보다 국무장관으로 세계무대에서 활동하는 게 정치인으로서 자랑스러운 일이었다. 미국의 대통령이 되지는 못했지만 세계적인 여성 리더로서 자신의 역량을 보여줄 좋은 기회라고 생각했다.

2009년 1월 13일, 힐러리는 상원의 인준 절차를 통과하고 21일 국무장관에 공식 취임했다. 경쟁자였던 오바마와 힐러리의 조합에 엄청난 관심을 보이던 언론은 힐러리가 국무부에 입성하는 순간을 생중계하기도 했다. 1층 로비와 로비가 내려다보이는 2층 복도에 운집한 1천 명의 외교관들과 직원들은 우레와 같은 함성과 박수로 힐러리를 맞이했다. 마치 할리우드 스타를 대하듯 모든 사람의 시선과 카메라가 힐러리를 향했다.

힐러리는 집무실로 올라가기 전에 국무부의 많은 직원과 기자들 앞에서 국무장관으로서 짧은 연설을 했다.

"이제 미국의 새 시대가 개막되었습니다. 저는 '스마트 파워'를 강조하는 외교를 펼칠 것입니다. 국제사회에서 미국의 리더십을 복원하는 것은 간단한 일이 아닐 것입니다. 테러와 이란, 북한의 핵 문제, 아랍과 이스라엘의 갈등 등 매우 어려운 과제들이 놓여 있습니다. 우리는 이 과 힐러리는 4년 동안 재임했던 국무장관 시절 한국 방문을 연이어 3번(2009년, 2010년, 2011년) 하였다. 또한 미 국무장관이 아닌 세계의 리더로서 아시아 젊은이들과 교류하길 원했는데, 2009년 한국 방문 시 이화여대에서 '여성의 힘을 키워라'라는 주제로 의미 있는 강연을 남겼다.

제들을 해결하기 위해 노력할 것입니다. 국무부의 정책에 대한 솔직한 충고와 토론은 언제든 환영합니다."

그리고 힐러리는 취임 후 해외 첫 순방지로 아시아 4개 국을 택했다. 힐러리는 미국의 생각과 태도가 변화하고 있으며, 미국 외교 정책에서 아시아가 매우 중요한 위치 를 차지하고 있다는 걸 보여줘야 할 필요를 느꼈다. 2009 년 2월 15일, 힐러리를 태운 국무장관의 전용기는 일본과 한국, 인도네시아, 중국으로 향했다. 4개국의 정상들과 만 난 자리에서 그녀는 국제사회 환경의 변화와 금융시장의 위기, 인도주의에 관한 이슈, 기후 변화 문제 등에 대해 논 의했다.

세계 젊은이들의 롤모델이 되었어

아시아 방문 시에는 바쁜 일정을 쪼개 젊은 대학생들과 만남의 시간을 갖기도 했다. 이를 통해 힐러리는 단지 미국의 정치인이 아닌 세계 리더로서, 세계 젊은이들의 롤모델다운 열정으로 젊은이들과 교감하는 모습을 보여주었다. 일본에서는 도쿄대 학생들과, 중국에서는 칭화대 학생들과 만났고, 한국에서는 자신의 모교인 웰즐리여대와 교류협정을 맺은 이화여대를 방문했다. 이화여대에서 힐러리는 '여성의 힘을 키워라'라는 주제로 변화를 위한 도전, 평화와 안보를 위해 여성도 자신의 의무와 역할을 해야 한다는 내용의 연설을 했다. 힐러리의 이 방문은 아시아의 독립적인 여성들을 격려하고 공감하는 계기가 되었다.

2009년 아시아 4개국 순방을 시작으로 국무장관 재임 4년 동안 1,600킬로미터가 넘는 거리를 여행하며 112개국을 방문, 역대 국무장관 중에서 가장 많은 나라를 방문하는 기록을 세우기도 했다.

힐러리는 이스라엘과 하마스의 휴전과 중국 반체제 인사의 석방, 인권 문제로 악명이 높은 미얀마의 개방과 재건을 위해 노력했다. 힐러리는 가는 곳마다 할리우드 스

"여기 모인 우리는 21세기를 살며 매일 발전하고 있지만 지금에 만족해서는 안 됩니다. 우리는 여성의 참여가 얼마나 중요한지 보여주어야 합니다. 여성이 온전하게 참여하지 못한다면 어느 민주국가도 존재할 수 없으며, 어느 경제도 진정한 자유시장이 될 수 없다는 점을 증명해야 합니다."
(2009년 이화여대 방문 시 연설 중에서)

타 못지않은 환호와 각광을 받았다. 그래서 그녀에게 '록스타 장관'이라는 별명이 붙기도 했다.

힐러리는 변화하는 세계에 맞춰 '스마트 외교'를 펼치며 여성과 인권이란 어젠다를 부각시켰다는 점에서 '위대한 국무장관'이란 찬사를 받았다. 하지만 4년의 재임기간 동안 많은 활동에 비해 세계를 변화시킬 만한 확실한 업적을 내지 못했다는 점에서 아쉬운 평가를 받기도 했다. 북한으로부터 비핵화 협의를 이끌어내지도 못했고, 중국과의 관계에서도 뚜렷한 진전이 없었다는 게 비판의 이유였다. 그리고 2012년 리비아의 벵가지에서 벌어진 미국 영사관 피습사건으로 곤란에 빠지기도 했다. 그러나 이런 결과의 책임이 전적으로 힐러리에게 있다고 할 수는 없었다. 오바마 행정부의 외교 책임자로서 오바마의 정책을 충실히 수행하는 것이 힐러리의 본분이기 때문이다.

그럼에도 힐러리는 훌륭한 국무장관의 표본이란 칭송을 받을 정도로 인기가 좋았다. 2012년도엔 〈타임〉지가 선정하는 세계에서 가장 영향력 있는 100인에서 외교의 아이콘으로 선정되기도 했다. 전 세계를 누비며 각국의 정상들 앞에서도 언제나 당당하고 매력적인 힐러리 국무장관의 모습에 수많은 미국인이 찬사를 보냈다.

국민의 환호와 사랑, 지지 속에서 힐러리는 2013년 2월 1일, 국무장관 자리에서 물러났다. 그날 모든 언론이 그녀의 퇴임식을 취재하기 위해 경쟁을 벌였다. 퇴임연설을 하는 힐러리를 향해 쉴 새 없이 플래시가 터졌는데 그 모습은 마치 퇴임이 아니라 새로운 시작을 위한 출정식처럼 보였다.

국무장관 자리에서 물러난 힐러리는 난생 처음 아무런 공직 없이 평범하고 평화로운 나날을 보냈다. 보통의 부부들처럼 클린턴과 저녁 식사 후에 산책을 하고, 재미없는 영화를 보기도 하고, 보고 싶었던 드라마를 몰아서 보기도 했다. 마치 은퇴한 사람의 평화로운 나날들처럼 보였다. 하지만 세상 사람들 아무도 그녀가 정치에서 은퇴했다고 생각하지 않았다.

혼자만의 꿈이 아니었기에
두 번째 도전을 결심했어

2012년에 오바마가 재선에 성공하자마자 사람들은 차기 대권 후보에게 관심을 돌리기 시작했다. 많은 정치인이 물망에 올랐지만 언제나 가장 많은 관심의 대상은 힐러리였다. 수많은 정치평론가가 힐러리가 나올 것인가를 두고 토론을 벌였으며, 여론조사 기관에선 출마 의사를 밝히지도 않은 힐러리를 두고 지지율 조사를 벌이기도 했다. 그녀의 지지자들은 선거자금을 위한 모금을 하고 있었고, 인터넷에선 선거운동을 도울 자원봉사자들이 꾸려지고 있었다. 민주당에서도 오바마에 이어 민주당 정권을 이어갈 수 있는 적임자로 힐러리를 요구하고 있었다.

하지만 힐러리를 원하는 목소리만 있는 것은 아니었다. 미국 대통령 선거에선 낙마한 사람이 다음 선거에 재출마한 전례가 없기 때문에 힐러리가 나오기에 부담스러울 거라고 예상하는 사람도 있었다. 또 여전히 힐러리가 대통령이 되는 것은 클린턴 정부의 재탕이 될 거라며 부정적으로 생각하는 여론도 있었다. 그리고 아직도 남녀차별적인 시각이 강한 보수적인 사람들은 힐러리가 여성이기 때문에 대통령이 되어서는 안 된다고 말하기도 했다. 게다가 나이 문제도 있었다. 만약 힐러리가 대통령이 된다면 레이건에 이어 두 번째로 고령의 대통령이 되기 때문이었다. 긍정적인 것이든 부정적인 것이든 힐러리는 늘 세상의 화제였다. 힐러리가 원하든 원하지 않든 미국의 수많은 사람이 미국의 미래가 힐러리의 뜻에 달려 있다고 생각했다.

힐러리도 자신에 대한 세상 사람들의 목소리를 듣고 있었다. 자신의 꿈에 다시 도전하라는 수많은 지지자의 목소리를 들으며 힐러리는 생각했다. 그리고 자신에게 질문했다. 어렸을 때부터 가졌던 꿈이 오직 대통령이 되는 것인가? 권력과 명예의 정점인 대통령이란 화려한 자리에 오르는 것만이 진짜로 원하는 것인가?

답은 아니었다. 힐러리가 원한 것은 미국의 대통령이란 자리가 아니었다. 그녀가 원한 것은 더 나은 미국을 만드는 것, 미국인들의 삶을 더 행복하고 평화롭게 만드는 것 힐러리는 자신이 하고자 했던 일이 아직 이뤄지지 않았다는 것을 알았기에 꿈을 향한 또 한 번의 도전을 시작했다. 어느 나라든 대통령이 된다는 것은, 혼자만의 힘으로는 결코 이룰 수 없는 꿈이다. 같은 시대를 살아가는 사람들의 열망이 합해져야만 이룰 수 있는 꿈이다.

이었다. 그 일을 하기 위해 대통령이 가진 힘이 필요했을 뿐이었다. 힐러리는 막강한 권한과 힘을 가진 미국의 대통령이 되었을 때 하고 싶은 일들에 대해 생각해보았다. 그 일들은 자신의 출마를 바라는 수많은 사람의 요구와 희망 속에 있었다.

그들은 힐러리가 오바마 케어에서 한 발 전진된 의료보험제도를 만들어주길 원했다. 오바마 케어를 통해 의료보험제도의 장점을 경험한 미국인들은 이제 클린턴 정부 때 실패했고, 2008년 대선 패배로 사장되어버린 힐러리의 의료보험 개혁안을 요구했다. 그리고 그 개혁안을 실현시킬 사람은 힐러리밖에 없다고 생각했다.

또 유리천장을 경험한 수많은 여성이 힐러리가 1천8백만 개의 금을 내는 데 멈추는 게 아니라 유리천장을 아예 부숴주기를 바랐다. 그리고 그 시작이 힐러리가 미국 최초의 여성 대통령이 되는 거라고 생각했다. 지금 미국에서 최초의 여성 대통령이 될 사람은 힐러리밖에 없다고 생각하기 때문이었다.

그들이 바라는 것은 힐러리도 바라는 것이었다. 힐러리

는 그들의 꿈이 자신의 꿈과 맞닿아있다는 걸 느꼈다. 어느 나라든, 대통령이 된다는 것은 혼자만의 힘으로는 결코 이룰 수 없는 꿈이다. 같은 시대를 살아가는 수많은 사람들의 열망이 합쳐져야만 이룰 수 있는 꿈이다.

힐러리는 자신의 꿈을 응원하는 수많은 사람의 목소리에 보답하기로 했다. 그리고 2015년 4월 12일, 미국의 45대 대통령을 선출하는 2016년 대통령 선거에 출마하겠다는 뜻을 공식적으로 발표했다.

혼자 이룰 수 있는 꿈이 있다면
혼자서는
이룰 수 없는 꿈도 있습니다

민주당의 대통령 후보를 선출하는 경선이 2016년 2월 1일, 아이오와 주 코커스에서 시작되었어요.

힐러리는 출마 선언을 하기 전부터 높은 지지율을 유지해 왔기에 사람들은 이번에 그녀가 수월하게 민주당 대통령 후보가 될 거라고 예상했지요. 그런데 아무도 예상하지 못했던 복병이 나타났습니다. 버몬트 주 상원의원인 버니 샌더스의 등장으로 힐러리의 대권 가도에 경고등이 켜졌거든요. 물론 긍정적인 면도 있었지요. 힐러리의 압도적인 승리로 끝날 거라는 전망 때문에 흥행 요소가 없을 것 같았던 민주당 대통령 경선이 흥미진진한 관심사로 떠올랐으니까요.

미국 정계에서 무명이나 다름없던 샌더스는 경선 지역마다 돌풍을 일으키며 정계의 거물 힐러리의 뒤를 바짝 쫓아왔어요. 경선이 치러질 때마다 미국의 모든 언론은 힐러리와 샌더스를 비교 분석하는 기사를 앞다투어 쏟아 냈지요. 어떤 정치 평론가는 어쩌면 2008년 민주당 경선에서 오바마가 승리했던 것처럼 이번에도 이변이 일어날지 모른다는 평을 내놓기도 했어요. 힐러리로서는 위기감을 느끼지 않을 수 없었지요.

그런데 샌더스의 돌풍이 결과적으로 힐러리에게 꼭 불리하게 작용하는 것만은 아니었어요. 왜냐하면 그것을 계기로 사람들이 힐러리를 재평가하게 되었거든요.

사실 힐러리는 미국 정치계에서 아주 오래된 인물이에요. 힐러리는 1992년 퍼스트레이디 신분으로 미국 정치계의 중심에 들어왔어요. 그때부터 힐러리의 정치 역사는 시작됩니다. 그녀는 단순한 퍼스트레이디를 넘어 정부의 공식 파트너로서 일했고, 퍼스트레이디 신분으로 뉴욕주 상원의원으로 당선된 새로운 역사를 만들어냈으며, 오바마 행정부의 국무장관으로 역할과 역량을 발전시키며 미국 정계의 중심에 있었어요. 하지만 사람들은 힐러리의 정치 철학이나 비전에 큰 관심을 두지 않았어요. 그보다 세계적인 브랜드를 가진 유명인사로서의 힐러리를 더 주의 깊게 보았지요.

그런데 아이러니하게도 버니 샌더스란 존재 덕분에 힐러리가 35여 년이란 긴 세월 동안 꾸준히 정치적 신념과 비전을 가지고 활동해 온 정치인이라는 것을 알릴 수 있게 되었습니다. 왜냐하면 샌더스가 제시하는 비전들이 젊은 날부터 힐러리가 가졌던 비전과 크게 다르지 않았거든요. 물론 그 사이 정치인 힐러리가 완벽했던 것만은 아니었어요. 이라크 전쟁에 찬성하는 실수도 있었고, 현실에 타협하는 모습을 보이기도 했지요. 그럼에도 힐러리는 민주당 정치인 중에서 가장 진보적인 입장에 있었고, 자신이 정치를 하는 이유인 변화를 위한 꿈을 놓지 않았으며,

따라서 현실적인 변화를 이루기 위해 늘 전진해왔습니다.

힐러리는 2008년 첫 번째 대선 후보에 도전했을 때 이런 연설을 한 적이 있어요.

"변화는 믿음이나 연설로 일으킬 수 있는 게 아닙니다. 그것은 오직 현실적인 노력으로만 가능한 것이죠. 저는 변화를 위한 약속을 하려고 출마를 한 게 아닙니다. 35년 동안 직접 이룬 현실적인 변화를 토대로 출마한 겁니다."

이 말은 8년이 지난 지금에도 유효합니다. 많은 사람이 그녀의 말에 동의하고 있어요. 자신들에게 필요한 사람은 변화를 약속하는 사람이 아니라 변화의 결과물을 가지고 있는 사람이라는 것을 알았거든요. 그래서 민주당 지지자들은 샌더스가 아니라 힐러리를 선택했지요.

2016년 6월 6일, 힐러리는 매직넘버를 달성하고 마침내 민주당 대통령 후보가 되었어요. 그리고 7월 12일에는 샌더스가 힐러리를 지지하는 선언을 했지요.

세상에는 혼자 이룰 수 있는 꿈도 있지만 혼자서는 이루지 못하는 꿈도 있습니다. 힐러리의 꿈은 혼자 이룰 수 있는 꿈이 아니지요. 많은 사람의 지지와 도움이 있어야 가능한 꿈이며, 개인을 넘어 타인과 비전을 나누는 꿈이기도 합니다. 그리고 지금, 세상의 변화를 원하는 많은 사람의 열망이 힐러리의 꿈에 동참하고 있습니다.

　힐러리가 웰즐리여대 1학년 때부터 품었던 대통령의 꿈은 1%를 위한 정치가 아니라 99%를 위한 정치를 하고 싶은 거였어요. 그것을 힐러리는 잊지 않고 변함없이 간직했고, 이제 많은 이가 힐러리의 꿈에서 자신의 비전을 발견해 함께 이루려 나아가고 있습니다. 그리고 그녀와, 그녀의 지지자들을 보며 우리는 변하지 않는 꿈의 힘을, 꿈을 나눌 때 커지는 그 파급력을 느낄 수 있습니다.

1947년 10월 26일, 시카고에서 섬유사업을 하는 아버지 휴 로댐과 전업주부인 도로시 하월 로댐 사이에서 태어나다.

1964년 고등학교 졸업반 때 공화당 대통령 후보인 베리 골드워터의 선거운동에 자원봉사자로 참여하다.

1965년 남녀차별 없이 오로지 실력으로만 경쟁할 수 있는 웰즐리여대에 입학하다. 그곳에서 반전운동에 눈을 뜨고 소외당하는 사람들과 불평등 문제에 관심을 갖게 되다. 그리고 공화당 지지자에서 민주당 지지자로 돌아서다.

1969년 웰즐리여대에서 정치학 전공으로 졸업하다. 졸업식에서 학생 대표로 졸업연설을 맡아 건설적 저항에 대해 이야기했고, 이 사건으로 언론에 처음으로 부각되다.
예일대 로스쿨에 입학, 가난한 사람들을 도울 실질적 제도를 만들기 위해 정치가로서의 훈련을 시작하다.

1970년 빌 클린턴을 만나 사랑에 빠지다.

1973년 예일대 로스쿨을 졸업하다. 클린턴과 함께하고 싶지만 그러려면 클린턴의 고향인 아칸소로 가야 한다는 것 때문에 망설이다.

1974년 워싱턴에서 워터게이트 사건으로 크게 물의를 빚은 리처드 닉슨 대통령의 탄핵 사건에 참여해 각종 조사를 맡다. 닉슨 대통령의 자신사임으로 일자리를 잃게 되고 클린턴이 워싱턴에 오는 시기와 맞지 않게 되자 클린턴이 있는 아칸소로 향하다.
아칸소대학에서 법학 강의를 시작하다.

1975년　5년간의 열애 끝에 10월 11일 빌 클린턴과 결혼하다. 결혼 후에도 남편의 성을 따르지 않고 결혼 전의 성을 쓸 것을 선언해 남편의 조연이 아닌, 자기 인생의 주인공으로 살고 싶다는 의지를 나타내다.

1977년　아칸소의 가장 유서 깊은 법률회사인 로즈 로펌에서 일하기 시작하다. 로즈 로펌 역사상 최초의 여성 변호사였다.

1979년　1월 10일, 클린턴이 아칸소 주지사로 취임하고 힐러리는 로즈 로펌의 공동 경영자가 되다. 법률회사 최초의 여성 경영자였다.

1980년　무리한 국정 추진에 대한 비판과 스캔들로 클린턴이 아칸소 주지사 재선에 실패하다.
2월 27일, 딸 첼시가 태어나다.

1982년　클린턴이 아칸소 주지사로 재당선 되고 이때 '힐러리 로댐'에서 '힐러리 로댐 클린턴'으로 성을 바꾸다. 결혼 후에도 자신의 성을 고수해 왔지만, 클린턴의 주지사 재선을 도우려면 남편의 성을 따르는 것이 유리하다고 판단하여 남편의 성을 쓰기로 결정하다.

1992년　클린턴이 제42대 대통령에 당선되다.

1993년 클린턴 정부의 의료보험 개혁을 위한 특별위원회 책임자로 임명되다. 미국의 발전을 위해 꼭 필요한 개혁이라 여기고 전력을 다했으나 보험회사와 공화당의 반대로 실패하다. 하지만 이때의 경험이 힐러리에게 정치인으로서 성장의 발판이 되다.

1995년 베이징에서 열린 '제4차 유엔 여성회의'에서 여성의 권리에 대해 연설하다.

1996년 클린턴이 제43대 대통령에 재당선되다.

1998년 백악관 인턴이었던 모니카 르윈스키와의 스캔들로 클린턴이 하원에서 탄핵을 당하다. 5주간의 상원 심의를 거쳐 1999년 2월, 상원에서 무죄 판결을 받아 위기를 벗어나다. 이 사건은 개인적인 아픔이었지만, 정치적으로는 강한 이미지를 희석시킬 수 있는 계기가 되어 지지율을 상승시키다.

2000년 뉴욕 주 상원의원에 당선되다. 퍼스트레이디로서 상원의원에 당선된 최초의 일이 되다.

2002년 조지 부시 대통령에게 이라크에 무력을 사용할 권한을 부여하는 데 동의, 그러나 전쟁이 길어지고 반전운동이 거세지면서 지지노선을 철회하다.

2006년 뉴욕 주 상원의원에 재당선되다. 미군이 이라크에서 철수하는 법안에 동의, 자신의 잘못을 솔직히 인정하고 바로잡는 모습에서 국민의 신임을 얻다. 민주당에서 가장 인정받는 정치인이 되다.

2007년 1월 20일, 미국 대통령 민주당 후보로 선거에 출마할 것을 선언하다. 강력한 라이벌 버락 오바마와 경쟁에 들어서다.

2008년 6월 7일, 민주당 대통령 후보 경선에서 패배하다. 그 후 치열한 경쟁자였던 오바마를 지지할 것을 선언해 진정한 승부사로서의 모습을 보여주다.

2009년 1월 21일, 오바마 정부 제1대 국무장관으로 공식 취임하다. 세계를 돌며 젊은이들을 만나고 많은 이에게 꿈과 희망을 전하며 세계의 리더로 자리매김하다.

2012년 〈타임〉지가 선정하는 세계에서 가장 영향력 있는 100인에서 외교의 아이콘으로 선정되다.

2015년 4월 12일, 제45대 미국 대통령 출마를 공식 선언하다. 지지하는 사람들의 열망과 자신이 품은 꿈이 일치하는 것을 알아차렸기에 다시 용기를 내다.

2016년 6월 6일, 민주당 내 강력한 경쟁자인 버니 샌더스와의 경선에서 승리, 미국의 첫 여성 대통령 후보가 되다.

부록

나는 왜
대통령이
되려고 하는가?

2015년 6월 13일 뉴욕 연설문
(영한대역)

"Life's not about what happens
to you,
it's about what you do with
what happens to you."
"인생이란 너에게 일어난 일을 말하는 것이
아니다. 너에게 일어난 일로 무엇을 하느냐
에 관한 것이다."

Thank you! Oh, thank you all! Thank you so very, very much. It is wonderful to be here with all of you.

감사합니다! 여러분 모두에게 깊은 감사를 드립니다. 여러분과 함께 이 자리에 있게 되어 매우 기쁩니다.

To be in New York with my family, with so many friends, including many New Yorkers who gave me the honor of serving them in the Senate for eight years.

이곳 뉴욕에서 저의 가족과 많은 친구, 그리고 지난 8년간 상원의원 의 자리에 오를 수 있는 영광을 주신 뉴욕 시민과 함께 있게 되어.

To be right across the water from the headquarters of the United Nations, where I represented our country many times.

제가 수년 간 우리나라를 대표했던 UN 본부의 바다 건너편인 이곳 에 있게 되어.

To be here in this beautiful park dedicated to Franklin Roosevelt's enduring vision of America, the nation we want to be.

우리가 원하는 나라, 미국의 영원한 비전을 제시한 프랭클린 루스벨 트 대통령께 헌정된 이 아름다운 공원에 있게 되어.

And in a place… with absolutely no ceilings.

그리고……(유리)천장 따위는 결코 없는 곳에 있게 되어.

You know, President Roosevelt's Four Freedoms are a testament to our nation's unmatched aspirations and a reminder of our unfinished work at home and abroad. His legacy lifted up a nation and inspired presidents who followed. One is the man I served as Secretary of State, Barack Obama, and another is my husband, Bill Clinton.

아시나시피 루스벨트 대통령이 내세웠던 네 가지 자유는 그 어디에도 비할 수 없는 우리 조국의 포부의 증거이자, 우리가 국내외에서 미처 이루지 못한 일을 다시금 상기시키는 역할을 합니다. 루스벨트 대통령이 남긴 유산은 국가를 일으켰으며 이를 따르는 차기 대통령들에게 영감을 불어 넣었습니다. 그중 한 분은 제가 국무장관 재임 당시 함께했던 버락 오바마 대통령이고, 또 한 사람은 저의 남편인 빌 클린턴입니다.

Two Democrats guided by the — Oh, that will make him so happy. They were and are two Democrats guided by the fundamental American belief that real and lasting prosperity must be built by all and shared by all.

두 민주당 당원은 ─오, 빌이 알면 매우 기뻐할 거예요. 현실에서 번영을 이어가려면 반드시 모두에 의해 만들어져야 하고 또 모두가 공유해야 한다는 미국의 근본적 신념을 따랐습니다.

Pesident Roosevelt called on every American to do his or her part, and every American answered. He said there's no mystery about what it takes to build a strong and prosperous America: "Equality of opportunity... Jobs for those who can work... Security for those who need it... The ending of special privilege for the few... The preservation of civil liberties for all... a wider and constantly rising standard of living."

루스벨트 대통령은 모든 미국인에게 각자의 몫을 하도록 독려하였고, 또한 모든 미국인이 이에 응답했습니다. 루스벨트 대통령은 강하고 영화로운 미국을 만드는 데 비법 같은 건 없다고 말씀하셨지요. "기회의 평등… 일할 수 있는 사람들을 위한 일자리… 사람들에게 필요한 안전… 소수만 누리는 특권 폐지… 모두를 위한 영원한 시민적 자유… 보다 폭넓고 지속적인 생활 수준의 상승 말입니다."

That still sounds good to me. It's America's basic bargain. If you do your part you ought to be able to get ahead. And when everybody does their part, America gets ahead too.

제게 이 말은 지금도 아주 유효합니다. 이것은 미국의 기본적인 합의입니다. 여러분이 자신의 몫을 다 한다면 반드시 앞으로 나아갈 수 있습니다. 그리고 모든 이가 자신의 몫을 해낼 때, 미국도 앞으로 나아갈 수 있습니다.

That bargain inspired generations of families, including my own. It's what kept my grandfather going to work in the same

Scranton lace mill every day for 50 years. It's what led my father to believe that if he scrimped and saved, his small business printing drapery fabric in Chicago could provide us with a middle-class life. And it did.

이러한 기본적 합의는 저 자신을 포함해 여러 세대에게 영감을 불러일으켰습니다.

이것 덕분에 제 할아버지는 50년 동안 매일 스크랜턴에 있는 레이스 공장에 출근하셨습니다. 이것 덕분에 제 아버지는 절약하고 저축을 많이 하면, 작은 직물 제조업 사업을 꾸려도 중산층의 삶을 살 수 있을 것이라 믿었습니다. 그리고 실제로 그렇게 되었지요.

When President Clinton honored the bargain, we had the longest peacetime expansion in history, a balanced budget, and the first time in decades we all grew together, with the bottom 20 percent of workers increasing their incomes by the same percentage as the top 5 percent.

클린턴 전 대통령이 이 기본적 합의를 지킴으로써, 우리는 역사상 가장 길게 평화를 누렸으며 재정도 탄탄해졌고, 또한 수십 년 만에 처음으로 동반성장을 이루었습니다. 하위 20퍼센트의 노동자 임금과 상위 5퍼센트의 임금이 비슷한 비율로 증가한 것입니다.

When President Obama honored the bargain, we pulled back from the brink of Depression, saved the auto industry, provided health care to 16 million working people, and replaced the jobs we lost faster than after a financial crash. But, it's not 1941, or 1993, or even 2009. We face new challenges in our economy and our democracy.

오바마 대통령이 이 합의를 존중함으로써, 우리는 경제 침체에서 빠져나왔고 자동차 산업을 위기에서 구해냈으며, 1천6백만 노동자들이 의료보험 혜택을 받게 되었습니다. 또한 금융 위기 이후보다 더욱 빠르게 실업률을 끌어내렸습니다. 하지만 지금은 1941년도, 1993년도, 게다가 2009년도 아닙니다. 우리는 경제와 민주주의의 새로운 도전에 직면해 있습니다.

We're still working our way back from a crisis that happened because time-tested values were replaced by false promises. Instead of an economy built by every American, for every American, we were told that if we let those at the top pay lower taxes and bend the rules, their success would trickle down to everyone else.

우리는 여전히 이미 일어난 위기에서 뒷걸음질 치고 있습니다. 오랜 세월에 걸쳐 검증된 가치가 잘못된 공약에 묻히고 있기 때문입니다. 우리는 모든 미국인에 의한, 모든 미국인을 위한 경제를 건설하는 대신, 부자들의 세금을 줄이고 규제를 변형하면 부자들의 성공이 위에서 아래로 내려가게 될 것이라는 말을 들었습니다.

What happened?
Well, instead of a balanced budget with surpluses that could

have eventually paid off our national debt, the Republicans twice cut taxes for the wealthiest, borrowed money from other countries to pay for two wars, and family incomes dropped. You know where we ended up. Except it wasn't the end.

그런데 무슨 일이 일어났을까요?

흑자로 예산을 균형 있게 만들어 국가의 빚을 탕감하기는커녕, 공화당원들은 부자들의 세금을 두 번이나 줄여 버렸으며, 전쟁에 필요한 예산을 외국에서 빌려왔고, 가계 소득은 땅으로 떨어지고 말았습니다. 이로 인해 어떻게 끝이 나 버렸는지는 여러분이 잘 아실 겁니다. 그런데 이게 끝은 아닙니다.

As we have since our founding, Americans made a new beginning. You worked extra shifts, took second jobs, postponed home repairs… you figured out how to make it work. And now people are beginning to think about their future again – going to college, starting a business, buying a house, finally being able to put away something for retirement. So we're standing again. But, we all know we're not yet running the way America should.

우리가 이 땅에 뿌리내린 이래로, 미국인들은 새로운 시작을 만들어 왔습니다.

여러분은 교대 근무를 자처하고 부업도 하고 집수리도 미루었습니다… 여러분은 해결 방법을 찾아 나섰지요. 이제 사람들은 자신의 미래에 대해 다시 생각하기 시작했습니다. 대학에 진학하고, 사업을 시작하고, 집을 사고, 그리고 마침내 은퇴를 대비해 무언가를 저축

할 수 있도록 말입니다. 이제 우리는 다시 일어섰습니다. 하지만 모두가 알다시피 미국은 아직 바른 방향으로 가고 있지 않습니다.

You see corporations making record profits, with CEOs making record pay, but your paychecks have barely budged. While many of you are working multiple jobs to make ends meet, you see the top 25 hedge fund managers making more than all of America's kindergarten teachers combined. And, often paying a lower tax rate.

여러분은 기업들이 기록적인 수익을 내고 있다는 걸 알고 있습니다. 기업 수장들의 연봉도 함께 치솟았지요. 하지만 여러분의 월급은 거의 변함이 없었습니다. 여러분이 목표에 맞추기 위해 여러 일을 하는 반면, 상위 25명의 헤지 펀드 매니저들은 미국의 모든 유치원 교사보다 더 많이 돈을 벌고 있다는 것을 알게 되었습니다. 그리고 때로 세금은 오히려 적게 내고 있지요.

So, you have to wonder: "When does my hard work pay off? When does my family get ahead?"
"When?"
I say now.

따라서 여러분은 의문을 제기해야 합니다.
"나는 이렇게 열심히 일하는데 언제 보상을 받을 수 있을까? 우리 가족은 언제 앞으로 나아갈 수 있을까?"
"언제?"
저는 지금이라고 말합니다.

Prosperity can't be just for CEOs and hedge fund managers. Democracy can't be just for billionaires and corporations. Prosperity and democracy are part of your basic bargain too.

번영은 기업 총수나 헤지 펀드 매니저들만을 위한 것이 아닙니다. 민주주의는 억만장자나 대기업만을 위한 것이 아닙니다. 번영과 민주주의는 우리 모두의 기본적 합의이기도 합니다.

You brought our country back. Now it's time — your time to secure the gains and move ahead. And, you know what?

여러분은 우리나라를 다시 살려냈습니다. 이제 시간이 되었습니다. 재산을 얻고 진일보하는 여러분의 시간 말입니다. 그리고 이거 알고 계시나요?

America can't succeed unless you succeed. That is why I am running for President of the United States. Here, on Roosevelt Island, I believe we have a continuing rendezvous with destiny. Each American and the country we cherish.

여러분의 성공 없이는 미국의 성공도 없다는 것을요. 이것이 제가 미국 대선에 출마하는 이유입니다. 여기, 루스벨트 섬에서 우리가 운명과의 만남을 이어가고 있다고 믿습니다. 국민 개개인과 국가를 우리는 소중히 여깁니다.

I'm running to make our economy work for you and for every

American.

For the successful and the struggling.

For the innovators and inventors.

For those breaking barriers in technology and discovering cures for diseases.

For the factory workers and food servers who stand on their feet all day.

For the nurses who work the night shift.

저는 여러분과 모든 미국인을 위한 경제를 만들어 나갈 것입니다.

성공과 투쟁을 위해.

혁신가와 발명가들을 위해.

기술 장벽을 뚫고 나아가는 사람들과 질병 치료법을 개발하는 사람들을 위해.

하루 종일 서서 일하는 공장 노동자와 식당 직원들을 위해.

밤에 교대로 근무하는 간호사들을 위해.

For the truckers who drive for hours and the farmers who feed us.

For the veterans who served our country.

For the small business owners who took a risk.

For everyone who's ever been knocked down, but refused to be knocked out.

몇 시간이고 운전하는 트럭 운전사와 우리를 먹여 살리는 농부들을 위해.

우리나라를 지켜주었던 퇴역군인들을 위해.

위험을 감수하길 마지않았던 중소기업인들을 위해.
언젠가 한 번이라도 실패한 적 있지만 그대로 포기하길 거부했던 모든 이를 위해.

I'm not running for some Americans, but for all Americans. Our country's challenges didn't begin with the Great Recession and they won't end with the recovery.

저는 일부 미국인을 위해서가 아닌 모든 미국인을 위해서 일할 것입니다. 우리나라가 직면한 도전은 대공황에서 시작된 것이 아니며 아직 완전히 복구되지도 않았습니다.

For decades, Americans have been buffeted by powerful currents.

지난 수십 년 간, 미국인들은 강력한 정세적 흐름에 의한 국가적 전성기를 누렸습니다.

Advances in technology and the rise of global trade have created whole new areas of economic activity and opened new markets for our exports, but they have also displaced jobs and undercut wages for millions of Americans.

기술의 진일보와 세계 무역 증가로 인해 완전히 새로운 분야의 경제적 활동을 창조하였고 새로운 시장으로 수출 항로를 열었습니다. 하지만 한편으로는 수백만 미국인이 직장을 잃고 임금이 줄어들기도 했습니다.

The financial industry and many multi-national corporations have created huge wealth for a few by focusing too much on short-term profit and too little on long-term value… too much on complex trading schemes and stock buybacks, too little on investments in new businesses, jobs, and fair compensation.

금융업계와 많은 다국적 기업이 단기 이익에만 지나치게 초점을 맞추어 소수에게만 거대한 이익을 주었고 장기적 가치는 소홀히 여겼습니다… 복잡한 영업 계획과 주식 거래에만 집중하였지요. 새로운 사업이나 일자리, 공평한 보수에는 그다지 많은 관심을 기울이지 않았습니다.

Our political system is so paralyzed by gridlock and dysfunction that most Americans have lost confidence that anything can actually get done. And they've lost trust in the ability of both government and Big Business to change course.

우리의 정치적 시스템은 기능장애와 교착상태에 빠지고 말았고 이로 인해 대부분의 미국인이 자신감을 잃고 말았습니다. 또한 정부와 대기업 모두 국민의 신의를 잃고 말았지요.

Now, we can blame historic forces beyond our control for some of this, but the choices we've made as a nation, leaders and citizens alike, have also played a big role.

지금 우리는 이렇게 된 데에 우리의 통제를 넘어선 역사적 권력을 탓할 수도 있지만, 우리가 국가, 지도자, 시민으로서 선택한 것이 큰 역할을 했다는 것 또한 사실입니다.

Our next President must work with Congress and every other willing partner across our entire country. And I will do just that — to turn the tide so these currents start working for us more than against us.

우리의 차기 대통령은 반드시 의회와 전국을 통틀어 적극적으로 일하고자 하는 모든 사람과 함께해야 합니다. 그리고 제가 바로 그 일을 하겠습니다. 현재 우리 앞을 가로막고 서 있는 강력한 흐름을 바꾸겠습니다.

At our best, that's what Americans do. We're problem solvers, not deniers. We don't hide from change, we harness it.

최선을 다하는 것, 그것이 미국인들이 하는 일입니다. 우리는 문제를 해결하지 부정하지 않습니다. 우리는 변화로부터 숨지 않습니다. 우리는 기꺼이 변화를 이용합니다.

But we can't do that if we go back to the top-down economic policies that failed us before. Americans have come too far to see our progress ripped away. Now, there may be some new voices in the presidential Republican choir, but they're all singing the same old song...

하지만 우리가 이전에 이미 실패를 맛보았던 하향식 경제 정책으로 뒷걸음친다면 성과를 낼 수 없습니다. 미국인들은 우리의 진보가 산산이 부서지는 걸 보기에는 너무 멀리 왔습니다. 이제 공화당 진영에서도 새로운 목소리가 나올지도 모릅니다. 하지만 저들은 하나같이 똑같은 옛날 노래만 부르고 있습니다.

A song called "Yesterday."
You know the one — all our troubles look as though they're here to stay... and we need a place to hide away... They believe in yesterday.
And you're lucky I didn't try singing that, too, I'll tell you!

'예스터데이'라는 노래 말입니다.
그중 이런 가사가 있습니다. "우리의 모든 문제가 마치 우리 곁을 떠나지 않을 것 같아요… 그리고 우리는 숨어버릴 곳이 필요하죠…" 그들은 과거를 그리워합니다.
그리고 여러분은 운이 좋아요. 저는 그 노래를 부르려 하지 않으니까요.

These Republicans trip over themselves promising lower taxes for the wealthy and fewer rules for the biggest corporations without regard for how that will make income inequality even worse.

이 공화당원들이 부자 감세와 대기업 규제를 풀겠다고 약속한 결과, 결국 자기 발에 걸려 넘어지고 말았습니다. 이로 인해 임금 불평등이 얼마나 더 악화될지 고려하지 않았으니 말입니다.

We've heard this tune before. And we know how it turns out. Ask many of these candidates about climate change, one of the defining threats of our time, and they'll say: "I'm not a scientist." Well, then, why don't they start listening to those who are?

우리는 이미 같은 전철을 밟은 바 있습니다. 그리고 그 결과가 어떠했는지도 알지요. 여기 많은 후보에게 우리 시대 가장 큰 위협 중 하나인 기후 변화에 대해 물어보세요. 그러면 그들은 이렇게 답할 것입니다.
"저는 과학자가 아닙니다."
글쎄요, 그러면 우선 과학자들의 말을 들어보는 것이 어떨까요?

They pledge to wipe out tough rules on Wall Street, rather than rein in the banks that are still too risky, courting future failures. In a case that can only be considered mass amnesia.

그들은 월 스트리트에 행해지고 있는 엄격한 규율을 없애자고 탄원합니다. 위험하고 실패 확률이 높은 은행에 규제를 강화하지 않고 말입니다. 이는 저 사람들이 집단 기억상실증에 걸렸다고밖에 볼 수 없습니다.

They want to take away health insurance from more than 16 million Americans without offering any credible alternative.
They shame and blame women, rather than respect our right to make our own reproductive health decisions.
They want to put immigrants, who work hard and pay taxes, at

risk of deportation.

And they turn their backs on gay people who love each other.

그들은 1천6백만 명 이상의 미국인으로부터 의료보험을 빼앗아 버리려고 합니다. 그 어떤 믿을만한 대책도 없이 말이지요.

그들은 여성을 부끄러워하고 비난합니다. 아기를 낳을지 말지 결정할 우리의 권리를 존중하지 않고 말이지요.

그들은 열심히 일하고 세금도 내는 이주 노동자들을 추방 위험으로 몰아넣습니다.

그리고 그들은 서로를 사랑하는 동성애자들에게 등을 돌립니다.

Fundamentally, they reject what it takes to build an inclusive economy. It takes an inclusive society. What I once called "a village" that has a place for everyone.

기본적으로 공화당원들은 통합 경제를 이룩할 힘을 만들길 거부합니다. 이를 위해서는 사회 통합이 필요합니다. 언젠가 제가 말했듯이 모든 이를 위한 '마을'이 필요합니다.

Now, my values and a lifetime of experiences have given me a different vision for America.

이제, 저의 가치와 일생 동안 쌓아온 경험으로 미국을 위해 다른 비전을 제시하고자 합니다.

I believe that success isn't measured by how much the wealthiest

Americans have, but by how many children climb out of poverty... How many start-ups and small businesses open and thrive... How many young people go to college without drowning in debt...How many people find a good job... How many families get ahead and stay ahead.

저는 미국에 부자가 얼마나 많으냐가 성공의 기준이 아니라 얼마나 많은 가난한 어린이가 가난에서 벗어나느냐가 기준이라 생각합니다. 얼마나 많은 신생 기업과 중소기업이 문을 열고 번창하는지… 얼마나 많은 젊은이가 빚에 허덕이지 않고 대학에 진학하는지… 얼마나 많은 사람이 일자리를 찾는지… 얼마나 많은 가족이 진일보하는지가 말입니다.

I didn't learn this from politics. I learned it from my own family. My mother taught me that everybody needs a chance and a champion. She knew what it was like not to have either one.

저는 이것을 정치에서 배우지 않았습니다. 저의 가족으로부터 배웠습니다. 저의 어머니는 모든 이에게는 기회와 지원자가 필요하다고 가르쳤습니다. 어머니는 그중 하나라도 없으면 어떻게 되는지 알고 계셨습니다.

Her own parents abandoned her, and by 14 she was out on her own, working as a housemaid. Years later, when I was old enough to understand, I asked what kept her going.

어머니의 부모는 제 어머니를 버렸습니다. 그리고 14살이 되던 해

가정부로 일하면서 스스로 살길을 찾아야 했지요. 몇 년이 흐르고, 제가 어머니를 이해할 수 있는 나이가 되었을 때 어머니를 앞으로 나아가게끔 한 원동력이 무엇인지 물었습니다.

You know what her answer was? Something very simple: Kindness from someone who believed she mattered.

어머니가 어떤 대답을 했는지 아세요? 아주 단순했어요. 소중하다고 믿는 사람으로부터 받는 친절.

The 1st grade teacher who saw she had nothing to eat at lunch and, without embarrassing her, brought extra food to share. The woman whose house she cleaned letting her go to high school so long as her work got done. That was a bargain she leapt to accept. And, because some people believed in her, she believed in me.

어머니가 1학년이었을 때, 점심을 굶고 있는 모습을 본 선생님은 아무런 창피를 주지 않고 점심을 더 사서 나누어 먹었답니다. 어머니가 가정부로 일하던 집의 아주머니는 어머니가 일을 끝내고 고등학교에 오랫동안 다니도록 허락해 주었지요. 그리고 몇몇 사람들이 어머니를 믿어주었기에 어머니도 자신을 믿을 수 있었습니다.

That's why I believe with all my heart in America and in the potential of every American.

그것이 제가 미국을 가슴 깊이 신뢰하는 이유이고 국민 한 사람 한 사람의 잠재력을 믿는 이유입니다.

To meet every challenge.
To be resilient… no matter what the world throws at you.
To solve the toughest problems.
I believe we can do all these things because I've seen it happen.

모든 도전에 맞서기 위해 말입니다.
오뚝이처럼 서기 위해… 세상이 여러분에게 어떤 고난을 안긴다고 해도 말입니다.
가장 힘든 문제를 풀기 위해 말입니다.
저는 우리가 이 모든 문제를 해결할 수 있다고 믿습니다. 이미 그래 온 것을 봐왔으니까요.

As a young girl, I signed up at my Methodist Church to babysit the children of Mexican farm workers, while their parents worked in the fields on the weekends. And later, as a law student, I advocated for Congress to require better working and living conditions for farm workers whose children deserved better opportunities.

어렸을 때 저는 멕시코에서 온 농장 일꾼들이 주말에 일하는 동안 아이들을 돌보는 일을 하고자 감리교회에 지원을 했습니다. 법대에 진학한 후, 아이들이 더 좋은 기회를 가질 수 있도록 농장 일꾼들이 더 나은 근무 및 생활환경을 가져야 한다고 의회에 촉구했습니다.

My first job out of law school was for the Children's Defense Fund. I walked door-to-door to find out how many children with disabilities couldn't go to school, and to help build the case for a law guaranteeing them access to education.

법대를 졸업하고 처음으로 맡은 일은 어린이보호기금 업무였습니다. 저는 문을 하나하나 두드리며 얼마나 많은 장애아동이 학교에 가지 못하는지 알아보았지요. 그리고 그들이 교육 혜택을 받을 수 있도록 법을 제정하는 일을 도왔습니다.

As a leader of the Legal Services Corporation, I defended the right of poor people to have a lawyer. And saw lives changed because an abusive marriage ended or an illegal eviction stopped.

법무법인의 대표였을 때, 저는 가난한 사람들이 변호인을 선임할 수 있는 권리를 지지했습니다. 이로 인해 가정 폭력이나 불법 노동 착취에서 벗어나 삶이 변하는 것을 목격하였지요.

In Arkansas, I supervised law students who represented clients in courts and prisons, organized scholarships for single parents going to college, led efforts for better schools and health care, and personally knew the people whose lives were improved.

아칸소 주에서, 저는 법대생들이 법정과 교도소에서 의뢰인들을 대변하는 일을 감독하였고 한부모 가정의 학생들이 대학교에서 장학금을 받을 수 있도록 추진했습니다. 그리고 이로 인해 좀 더 나은 교육과 의료 혜택을 받고 삶이 윤택해진 사람들을 개인적으로 알게 되었습니다.

As Senator, I had the honor of representing brave firefighters, police officers, EMTs, construction workers, and volunteers who ran toward danger on 9/11 and stayed there, becoming sick themselves.
It took years of effort, but Congress finally approved the health care they needed.

상원의원 시절, 용감한 소방대원들과 경관들, 구급대원들, 건설 노동자들 및 9/11의 위험한 현장에서 봉사하는 사람들을 대표하는 영광을 누렸습니다.
오랜 노력 끝에, 의회는 드디어 국민에게 필요한 의료보험법을 통과시켰습니다.

There are so many faces and stories that I carry with me of people who gave their best and then needed help themselves.

저는 지금껏 수많은 사람을 만나며 그들이 최선을 다한 이야기, 그 다음 그들이 필요로 하는 이야기를 수없이 들어왔습니다.

Just weeks ago, I met another person like that, a single mom juggling a job and classes at community college, while raising three kids.
She doesn't expect anything to come easy. But she did ask me:

What more can be done so it isn't quite so hard for families like hers?

I want to be her champion and your champion.

몇 주 전, 저는 이와 같은 어떤 분을 만났습니다. 세 아이를 키우며 일과 대학 공부에서 외줄타기 하던 싱글맘이었습니다.

그녀는 어떤 일도 녹록지 않다는 것을 잘 알고 있습니다. 하지만 저에게 이렇게 물었지요. "자신과 가족들이 이렇게 힘들게 살지 않기 위해서 뭐가 더 필요할까요?"

저는 그녀의 지원자가, 그리고 여러분의 지원자가 되고 싶습니다.

If you'll give me the chance, I'll wage and win Four Fights for you.

여러분이 제게 기회를 주신다면, 저는 여러분이 네 가지 항목을 쟁취할 수 있도록 박차를 가하겠습니다.

The first is to make the economy work for everyday Americans, not just those at the top. To make the middle class mean something again, with rising incomes and broader horizons. And to give the poor a chance to work their way into it. The middle class needs more growth and more fairness. Growth and fairness go together. For lasting prosperity, you can't have one without the other.

첫째는 상위 일부가 아닌 모든 미국인이 일을 할 수 있는 경제를 만드는 것입니다. 이를 위해 중산층이 다시 중심에 설 수 있도록 할 것이며, 그 일환으로 임금을 올리고, 보다 폭넓은 시야를 갖도록 하겠습니다. 또한 가난한 이들이 지속적으로 일을 할 수 있도록 기회를 주겠습니다. 중산층은 더 많은 성장과 평등을 필요로 합니다. 성장과 평등은 함께 가는 것입니다. 지속적으로 번영하려면 그중 단 하나도 없어서는 안 됩니다.

Is this possible in today's world? I believe it is or I wouldn't be standing here. Do I think it will be easy? Of course not.

오늘날의 세계에서 이게 가능할까요? 저는 가능하다고 믿습니다. 그렇지 않으면 여기에 서 있지도 않았을 겁니다. 이게 쉽다고 생각할까요? 물론 그렇지는 않습니다.

But, here's the good news: There are allies for change everywhere who know we can't stand by while inequality increases, wages stagnate, and the promise of America dims. We should welcome the support of all Americans who want to go forward together with us.

하지만 여기에 좋은 소식이 있습니다. 불평등이 증가하고, 임금이 제자리걸음을 걷고 있으며, 미국의 공약이 빛을 잃어가는 것을 더 이상 두고 볼 수 없는 사람들이 단합하고 있다는 거지요. 우리는 우리와 함께 앞으로 나아가고자 하는 사람들의 지지를 두 팔 벌려 환영해야 합니다.

There are public officials who know Americans need a better deal. Business leaders who want higher pay for employees, equal pay for women and no discrimination against the LGBT community either. There are leaders of finance who want less short-term trading and more long-term investing.

미국인들이 더 좋은 대우를 받아야 한다고 여기는 공직자들이 있습니다. 비즈니스 리더 중에서도 직원들에게 더 높은 임금을 주고 싶어 하고 여성에게도 공평하게 임금을 주고자 하며, 또한 동성애자들에게 차별을 하지 않고자 하는 기업가들이 있습니다. 단기적 이익보다 장기적 투자를 원하는 금융계 총수들도 있습니다.

There are union leaders who are investing their own pension funds in putting people to work to build tomorrow's economy. We need everyone to come to the table and work with us. In the coming weeks, I'll propose specific policies to:

자신들의 연금 기금을 내일의 경제를 건설하는 데 쓸 수 있도록 아낌없이 내놓는 노동조합 지도자들도 있습니다. 우리는 이 모든 사람이 여기로 와서 함께 일하기를 원합니다. 조만간 저는 구체적인 정책을 제안할 예정입니다:

Reward businesses who invest in long term value rather than the quick buck — because that leads to higher growth for the economy, higher wages for workers, and yes, bigger profits, everybody will have a better time.

단기적 이익 환수보다 장기적 가치 창출에 투자하는 사업자에게 보상을 하겠습니다. 이로 인해 더 높은 경제 성장에 기여할 것이며, 노동자에게 더 높은 임금을 주게 될 것이고, 네, 바로 그겁니다. 더 많은 이익을 낳게 되어 모든 이가 더욱 부유하게 살게 될 것입니다.

I will rewrite the tax code so it rewards hard work and investments here at home, not quick trades or stashing profits overseas. I will give new incentives to companies that give their employees a fair share of the profits their hard work earns. We will unleash a new generation of entrepreneurs and small business owners by providing tax relief, cutting red tape, and making it easier to get a small business loan.

세법을 개정하여 단기 투자자나 해외에 이익을 은닉하는 사람들이 아닌, 열심히 일하고 국내에 투자하는 사람들에게 보상을 하겠습니다. 직원들이 힘들게 일하여 남긴 이익을 공평하게 나누는 회사에게 새로이 장려금을 제공하겠습니다. 세금 감면 및 불필요한 요식주의를 배제하고 중소기업이 대출을 좀 더 쉽게 받을 수 있도록 하여, 이를 통해 새로운 기업과 중소기업이 많이 나오도록 하겠습니다.

We will restore America to the cutting edge of innovation, science, and research by increasing both public and private investments.

우리는 공적 및 사적 투자를 통해 미국이 혁신 및 과학, 연구의 선두에 다시 서도록 할 것입니다.

And we will make America the clean energy superpower of the 21st century. Developing renewable power — wind, solar, advanced biofuels… Building cleaner power plants, smarter electric grids, greener buildings… Using additional fees and royalties from fossil fuel extraction to protect the environment…

우리는 미국이 21세기의 청정에너지 최강국이 되도록 만들 것입니다. 풍력, 태양력, 바이오 연료 등 재생 가능한 에너지를 만들 것이며… 더욱 깨끗한 원전 및 신형 전기 설비, 친환경 건물을 세울 것이며… 화학 연료 추출로부터 얻어낸 추가 비용과 사용료를 환경을 보호하는 데 쓸 것입니다.

And ease the transition for distressed communities to a more diverse and sustainable economic future from coal country to Indian country, from small towns in the Mississippi Delta to the Rio Grande Valley to our inner cities, we have to help our fellow Americans. Now, this will create millions of jobs and countless new businesses, and enable America to lead the global fight against climate change.

탄광 지역에서 인디언 거주 지역까지, 미시시피 델타 지역의 작은 마을에서 리오그란데 도심까지, 고통받는 지역사회가 좀 더 다양하고 안정적인 경제로 쉽게 전환할 수 있도록, 우리는 우리 이웃을 도울 것입니다. 이제 이로 인해 수백만 개의 일자리가 생길 것이며 새로운 비즈니스가 수도 없이 창조될 것입니다. 또한 미국은 기후 변화에 앞장서 맞설 힘을 갖게 됩니다.

We will also connect workers to their jobs and businesses. Customers will have a better chance to actually get where they need and get what they desire with roads, railways, bridges, airports, ports, and broadband brought up to global standards for the 21st century.

또한 우리는 노동자들을 일자리와 사업에 연결되도록 할 것입니다. 소비자들은 21세기 글로벌 수준에 맞는 도로, 철도, 교량 및 공항, 항만 그리고 광대역 운송 시설로 자신이 원하는 것을 원하는 곳에서 제대로 받을 수 있는 기회를 제공받을 것입니다.

We will establish an infrastructure bank and sell bonds to pay for some of these improvements.

우리는 인프라 투자 은행을 설립하고 채권을 판매하며 이러한 개선에 필요한 비용을 지불할 것입니다.

Now, building an economy for tomorrow also requires investing in our most important asset, our people, beginning with our youngest. That's why I will propose that we make preschool and quality childcare available to every child in America.

이제 내일의 경제를 만들어나가기 위해 우리는 가장 중요한 자산인 사람, 가장 어린 사람에게 투자해야 합니다. 이 때문에 저는 미국의 모든 어린이가 공평하게 혜택을 받을 수 있는 양질의 유치원과 보육 시설을 만들기를 제안합니다.

And I want you to remember this, because to me, this is absolutely the most-compelling argument why we should do this. Research tells us how much early learning in the first five years of life can impact lifelong success. In fact, 80 percent of the brain is developed by age three.

또한 저는 여러분이 이 점을 기억해주시길 바랍니다. 제게 있어 이것은 우리가 왜 이것을 해야 하는지 주목하지 않을 수 없는 가장 중대한 논쟁거리이기 때문입니다. 연구 결과에 따르면 생애 첫 5년간 받는 교육이 인생의 성공에 결정적인 역할을 한다고 합니다. 실제로 3살이면 두뇌계발의 80퍼센트가 완성된다고 합니다.

One thing I've learned is that talent is universal – you can find it anywhere – but opportunity is not. Too many of our kids never have the chance to learn and thrive as they should and as we need them to.

여기서 제가 배운 것 하나는 재능은 누구나 가지고 있다는 사실입니다. 여러분은 어디서나 재능을 발견할 수 있습니다. 하지만 기회는 그렇지 않습니다. 너무나도 많은 어린이가 마땅히 누려야 할 배움과 성장의 기회를 갖지 못하고 있습니다.

Our country won't be competitive or fair if we don't help more families give their kids the best possible start in life. So let's staff our primary and secondary schools with teachers who are second to none in the world, and receive the respect they deserve for sparking the love of learning in every child.

보다 많은 가족이 자신의 자녀들에게 최고의 시작 가능성을 열어 주지 못한다면, 우리나라는 경쟁력을 갖출 수도, 평등하게 될 수도 없습니다. 따라서 우리의 초, 중학교에 세상에서 제일가는 선생님을 채용합시다. 그리고 모든 아이가 배움을 사랑하도록 활기를 불어넣는 선생님들이 마땅히 존경받을 수 있도록 합시다.

Let's make college affordable and available to all …and lift the crushing burden of student debt. Let's provide lifelong learning for workers to gain or improve skills the economy requires, setting up many more Americans for success.

대학이 모든 이에게 문을 열도록 합시다… 그리고 학생들이 빚에 허덕이지 않도록 구제합시다. 노동자들에게 경제가 요구하는 수준의 기술을 습득하거나 향상시킬 수 있도록 평생 배움의 기회를 제공합시다. 이로 인해 좀 더 많은 미국인이 성공을 맛볼 수 있도록 합시다.

Now, the second fight is to strengthen America's families, because when our families are strong, America is strong. And today's families face new and unique pressures. Parents need more support and flexibility to do their job at work and at home.

이제, 두 번째 투쟁은 미국의 가정에 힘을 북돋워 주는 것입니다. 가정이 강해야 미국이 강해지기 때문입니다. 오늘날의 가정은 새롭고 유례없는 압박에 직면해 있습니다. 부모들은 일터와 가정에서 더 많은 지원과 유연한 근무 정책을 필요로 합니다.

I believe you should have the right to earn paid sick days. I believe you should receive your work schedule with enough notice to arrange childcare or take college courses to get ahead. I believe you should look forward to retirement with confidence, not anxiety.

저는 여러분이 유급 병가를 얻을 권리가 있다는 것을 잘 알고 있습니다. 사전에 업무 스케줄을 통지받아 아이를 맡기거나 학교 수업을 조정할 시간을 충분히 제공받아야 한다는 것도 잘 알고 있습니다. 저는 여러분이 불안이 아닌 만반의 자신감 아래 은퇴 준비를 해야 한다고 믿습니다.

That you should have the peace of mind that your health care will be there when you need it, without breaking the bank. I believe we should offer paid family leave so no one has to choose between keeping a paycheck and caring for a new baby or a sick relative.

여러분에게 의료 혜택이 필요할 때 은행 계좌를 깨지 않고 마음 편히 쓸 수 있으면 하고 바랍니다. 유급 휴가를 보장받음으로써, 아이가 태어나거나 가족 중 아픈 사람이 있을 때 일을 하느냐 마느냐의 기로에 서지 않길 바란다는 것도 잘 알고 있습니다.

And it is way past time to end the outrage of so many women still earning less than men on the job — and women of color often making even less.

과거 그토록 오랜 투쟁에도 불구하고 여성은 남성에 비해 낮은 임금을 받고 있습니다. 더구나 유색인종 여성은 그보다도 대우가 열악합니다.

This isn't a women's issue. It's a family issue. Just likeraising the minimum wage is a family issue. Expanding childcare is a family issue. Declining marriage rates is a family issue. The unequal rates of incarceration is a family issue. Helping more people with an addiction or a mental health problem get help is a family issue.

이것은 여성만의 문제가 아닙니다. 이것은 가족의 문제입니다. 최저 임금 인상과 같은 일은 가족이 관련된 문제입니다. 보육 시설을 확충하는 일 역시 가족과 관련된 문제입니다. 결혼 비율 하락도 가족 문제이며, 불평등한 감금율 역시 그렇습니다. 약물 중독에 빠진 사람들이나 정신 건강 문제로 고통을 겪고 있는 사람들을 돕는 일도 가족의 문제입니다.

In America, every family should feel like they belong. So we should offer hard-working, law-abiding immigrant families a path to citizenship. Not second-class status.

미국에서 모든 가족은 소속감을 느껴야 합니다. 따라서 우리는 열심히 일하고 법을 준수하는 이주 노동자 가족에게 시민권을 받을 수 있는 길을 열어 주어야 합니다. 이류 계층이 아니게 말입니다.

And, we should ban discrimination against LGBT Americans and their families so they can live, learn, marry, and work just like everybody else.

그리고 우리는 동성애 미국인들과 그 가족을 상대로 차별을 두어서는 안 됩니다. 그래야 그들 역시 다른 이들처럼 살고, 배우고, 결혼하고, 일할 수 있습니다.

You know, America's diversity, our openness, our devotion to human rights and freedom is what's drawn so many to our shores. What's inspired people all over the world. I know. I've seen it with my own eyes. And these are also qualities that prepare us well for the demands of a world that is more interconnected than ever before.

아시다시피 미국의 다양성 및 개방성, 인권과 자유를 향한 우리의 헌신적인 노력이 그 많은 사람을 우리나라로 이끌었습니다. 이것은 전 세계 사람들에게 영감을 불러일으켰습니다. 저는 알고 있습니다. 제 눈으로 똑똑히 보았으니까요. 또한 이로 인해 우리가 이전보다 더 유기적 관계에 있는 세계의 요구에 부응하도록 만반의 준비를 갖출 수 있었습니다.

So we have a third fight: to harness all of America's power, smarts, and values to maintain our leadership for peace, security, and prosperity.

따라서 우리는 세 번째 투쟁으로 나아갑니다. 평화와 안보, 번영을 이끌었던 미국의 힘, 두뇌, 가치를 한데 모으는 것입니다.

No other country on Earth is better positioned to thrive in the 21st century. No other country is better equipped to meet traditional threats from countries like Russia, North Korea, and Iran – and to deal with the rise of new powers like China.

지구 상 어떤 국가도 21세기에 들어 이 정도의 전성기를 누릴 수 있는 위치에 있지 않습니다. 그 어떤 나라도 러시아, 북한, 이란과 같은 나라의 고질적 위협에서 벗어날 수 있는 대비책을 갖추고 있지 않습니다. 또한 중국과 같은 신흥 강대국과 머리를 맞댈 국가도 없습니다.

No other country is better prepared to meet emerging threats from cyber attacks, transnational terror networks like ISIS, and diseases that spread across oceans and continents.

그 어떤 나라도 대륙과 바다를 막론하고 퍼지는 질병과 ISIS와 같은 테러 네트워크 조직, 끊임없이 불거지는 사이버 공격에 맞설 준비를 하지 못하고 있습니다.

As your President, I'll do whatever it takes to keep Americans safe. And if you look over my left shoulder you can see the new

World Trade Center soaring skyward.

여러분의 대통령으로서, 저는 미국을 안전하게 지킬 수 있는 방법이라면 무엇이든 할 것입니다. 그리고 제 왼쪽 어깨너머를 바라보십시오. 하늘로 쭉 뻗어 있는 세계무역센터가 보이실 겁니다.

As a Senator from New York, I dedicated myself to getting our city and state the help we needed to recover. And as a member of the Armed Services Committee, I worked to maintain the best-trained, best-equipped, strongest military, ready for today's threats and tomorrow's.

뉴욕 상원의원으로서 저는, 우리 도시와 주가 테러에서 회복될 수 있도록 저 자신을 바쳤습니다. 군사위원회 위원으로서 저는, 오늘뿐만 아니라 내일의 위협에 대비하여 최고 수준의 훈련을 받고 최고 장비와 가장 강력한 군대를 갖추도록 노력하였습니다.

And when our brave men and women come home from war or finish their service, I'll see to it that they get not just the thanks of a grateful nation, but the care and benefits they've earned.

우리의 용감한 장병들이 자신의 의무를 마치고 전쟁터에서 돌아왔을 때, 저는 그들이 나라의 감사를 받을 뿐 아니라 그들이 지금껏 누려온 배려와 혜택도 받을 수 있도록 할 것입니다.

I've stood up to adversaries like Putin and reinforced allies like

Israel. I was in the Situation Room on the day we got bin Laden. But, I know — I know we have to be smart as well as strong.

저는 푸틴과 같은 적수와 맞서왔고 이스라엘과 같은 나라와 동맹을 강화했습니다. 저는 우리가 빈 라덴을 손에 넣을 무렵 백악관 상황실에 있었습니다. 하지만 저는 알고 있습니다. 우리가 강하고도 똑똑해져야 한다는 것을 말입니다.

Meeting today's global challenges requires every element of America's power, including skillful diplomacy, economic influence, and building partnerships to improve lives around the world with people, not just their governments.

오늘날 전 세계적인 도전에 맞서려면 미국은 자신이 갖고 있는 근본적인 힘을 있는 힘껏 모아야 합니다. 여기에는 외교 수완과 경제적 영향력이 필요하며 전 세계 사람의 삶을 개선할 협력 관계를 만들 필요도 있습니다. 단순히 그들 정부하고만 할 게 아니죠.

There are a lot of trouble spots in the world, but there's a lot of good news out there too. I believe the future holds far more opportunities than threats if we exercise creative and confident leadership that enables us to shape global events rather than be shaped by them.

전 세계에 걸쳐 골치 아픈 문제도 많지만, 또 한편으로 좋은 뉴스도 있습니다. 우리가 전 세계에서 일어나는 일에 수동적으로 휘말리지 않고 능동적으로 만들어 나갈 수 있도록 창조적이고 자신감 넘치는 리더십을 펼쳐 나간다면, 미래에 위협보다 기회를 더 잡을 수 있으리라 믿습니다.

And we all know that in order to be strong in the world, though, we first have to be strong at home. That's why we have to win the fourth fight — reforming our government and revitalizing our democracy so that it works for everyday Americans.

그리고 모두 알다시피 전 세계에서 가장 강한 힘을 갖추려면 우선 가정에서 힘을 키워야 합니다. 이것이 우리가 네 번째 투쟁을 쟁취해야 하는 이유입니다. 우리의 정부를 재정립하고 민주주의에 다시 활기를 불어넣어 모든 미국인을 위해 일할 수 있도록 해야 합니다.

We have to stop the endless flow of secret, unaccountable money that is distorting our elections, corrupting our political process, and drowning out the voices of our people. We need Justices on the Supreme Court who will protect every citizen's right to vote, rather than every corporation's right to buy elections.

우리는 선거를 왜곡하고 부패 정치를 일으키며 시민들의 목소리를 잠식시키는 지하 경제 흐름을 끊어야 합니다. 우리는 기업이 선거를 돈으로 사는 것이 아닌, 시민의 선거 권리를 보장할 수 있는 대법관이 필요합니다.

If necessary, I will support a constitutional amendment to undo the Supreme Court's decision in Citizens United. I want to make it easier for every citizen to vote. That's why I've proposed universal, automatic registration and expanded early voting.

필요하다면 저는 시민 연합에 관한 대법원의 결정을 무효로 만들도록 개헌을 지지하겠습니다. 저는 모든 시민이 더욱 쉽게 투표할 수 있길 바랍니다. 이 같은 이유로 저는 전 지역에 걸친 자동 유권자 등록과 사전 투표 확충을 제안하였습니다.

I'll fight back against Republican efforts to disempower and disenfranchise young people, poor people, people with disabilities, and people of color. What part of democracy are they afraid of?

저는 젊은이들과 가난한 이들, 장애를 가진 사람들 및 유색 인종의 영향력과 권리를 박탈하려는 공화당원들을 상대로 싸울 것입니다. 그들이 민주주의에서 무서워하는 것이 무엇일까요?

No matter how easy we make it to vote, we still have to give Americans something worth voting for. Government is never going to have all the answers — but it has to be smarter, simpler, more efficient, and a better partner. That means access to advanced technology so government agencies can more effectively serve their customers, the American people.

아무리 투표하기 쉽게 한다고 해도, 여전히 미국인들이 투표할 만한 가치가 있는 것을 제공해야 합니다. 정부가 모든 대답을 할 수는 없을 것입니다. 하지만 보다 현명하고, 간단하며 효율적인, 더 나은 동반자가 되어야 합니다. 다시 말해 선진 기술을 접목해서 정부가 자신의 고객, 즉 미국 국민에게 더욱 효과적으로 도움을 주도록 해야 합니다.

We need expertise and innovation from the private sector to help cut waste and streamline services.

우리는 민간 전문가 및 혁신가의 도움을 받아 서비스를 간소화하고 불필요한 비용을 줄일 필요가 있습니다.

There's so much that works in America. For every problem we face, someone somewhere in America is solving it. Silicon Valley cracked the code on sharing and scaling a while ago. Many states are pioneering new ways to deliver services. I want to help Washington catch up.

미국에는 일어나는 일이 참 많습니다. 우리가 문제에 맞닥뜨릴 때마다, 여기 미국에 있는 누군가가 나서서 문제를 해결하고 있습니다. 실리콘 밸리에서는 얼마 전 공유와 측정에 관한 암호를 풀었습니다. 여러 주에서 서비스를 제공할 새로운 방법을 개척하고 있습니다. 저는 워싱턴이 이에 발맞추어 나갈 수 있도록 돕고 싶습니다.

To do that, we need a political system that produces results by solving problems that hold us back, not one overwhelmed by extreme partisanship and inflexibility.

그러기 위해서는 우리 앞을 가로막는 문제를 해결할 수 있는 정치적 시스템을 도입해야 합니다. 극단적 당파 정쟁이나 융통성 없는 정책에 휘둘리는 정치적 시스템이 아니고 말입니다.

Now, I'll always seek common ground with friend and opponent alike. But I'll also stand my ground when I must.

이제 저는 우리의 친구와 반대 세력 모두를 아우를 수 있는 공통점을 찾을 것입니다. 하지만 반드시 필요하다면 저의 입장도 고수할 것입니다.

That's something I did as Senator and Secretary of State — whether it was working with Republicans to expand health care for children and for our National Guard, or improve our foster care and adoption system, or pass a treaty to reduce the number of Russian nuclear warheads that could threaten our cities — and it's something I will always do as your President.

그것이 제가 상원의원과 국무장관 시절 했던 일입니다. 주 방위군과 어린이를 위한 의료 혜택을 확충하는 일, 위탁 양육과 입양 시스템을 개선하는 일, 우리의 도시를 위협할지 모를 러시아 핵무기 숫자를 줄이는 조약을 통과시키는 일을 할 때 공화당원과 협의할지 결정하는 일 등이었지요. 이것은 또한 여러분의 대통령이 언제나 해야 할 일입니다.

We Americans may differ, bicker, stumble, and fall; but we are at our best when we pick each other up, when we have each other's back. Like any family, our American family is strongest when we cherish what we have in common, and fight back against those who would drive us apart.

우리 미국인들은 아마 달라서, 말다툼하고, 휘청거리다가 그대로 추락할 수도 있습니다. 하지만 우리가 서로를 선택하고 도울 때 우리는 최고가 될 수 있습니다. 여느 가족처럼 우리 미국의 가족도 공유하고 있는 것을 소중하게 여기고 그리고 우리를 갈라놓으려는 세력에 맞서 싸울 때가 가장 강합니다.

People all over the world have asked me: "How could you and President Obama work together after you fought so hard against each other in that long campaign?"

전 세계에 있는 사람들이 제게 이렇게 물은 적이 있습니다. "당신과 오바마 대통령은 그렇게 오랫동안 서로 싸웠으면서 어떻게 또 같이 일할 수 있죠?"

Now, that is an understandable question considering that in many places, if you lose an election you could get imprisoned or exiled — even killed — not hired as Secretary of State.

이제 이 질문은 여러 상황을 고려해 보았을 때 이해가 되는 질문입니다. (어느 나라에서는) 선거에서 지게 되면 국무장관의 자리에 오르기는커녕 교도소에 수감되거나 국외로 추방당할 수도, 심지어는 살

해당할 수도 있습니다.

But President Obama asked me to serve, and I accepted because we both love our country. That's how we do it in America.

하지만 오바마 대통령은 제가 국무장관직을 맡도록 요청하였고, 저는 이 요청을 수락하였습니다. 저희 둘 다 우리나라를 사랑하니까요. 그것이 우리가 미국에서 하는 일입니다.

With that same spirit, together, we can win these four fights.

우리가 '함께'하는 정신을 공유한다면, 우리는 이 네 가지 투쟁을 쟁취할 수 있습니다.

We can build an economy where hard work is rewarded. We can strengthen our families. We can defend our country and increase our opportunities all over the world. And we can renew the promise of our democracy.

열심히 일하면 보상받을 수 있는 경제를 만들 수 있습니다. 우리는 우리의 가족을 강하게 만들 수 있습니다. 우리는 우리나라를 지키고 전 세계에 기회를 늘릴 수 있습니다. 우리는 민주주의의 약속을 새롭게 만들어 나갈 수도 있습니다.

If we all do our part. In our families, in our businesses, unions, houses of worship, schools, and, yes, in the voting booth. I want you to join me in this effort. Help me build this campaign and make it your own.

우리 자신의 몫을 다한다면 말입니다. 가정 안에서, 직장 안에서, 종교 아래서, 학교 안에서, 그리고 네, 기표소 안에서. 저는 여러분이 이 노력에 동참하길 바랍니다. 제가 이 캠페인을 만들 수 있게, 또한 여러분 자신의 것으로 만들 수 있게 도와주십시오.

Talk to your friends, your family, your neighbors. Text "JOIN" J-O-I-N to 4-7-2-4-6. Go to hillaryclinton.com and sign up to make calls and knock on doors.

친구와 가족, 이웃과 이야기하여 주십시오. 4-7-2-4-6으로 "JOIN (동참)"이라고 문자를 보내주십시오. 온라인에서 hillaryclinton.com으로 들어가 전화와 방문이 가능하도록 회원 가입을 해주십시오.

It's no secret that we're going up against some pretty powerful forces that will do and spend whatever it takes to advance a very different vision for America. But I've spent my life fighting for children, families, and our country. And I'm not stopping now. You know, I know how hard this job is. I've seen it up close and personal.

저는 평생을 어린이와 가족, 우리나라를 위해 싸워 왔습니다. 그리고 저는 여기서 멈추지 않을 것입니다. 아시다시피 저는 이 일이 얼마나 힘든지 압니다. 바로 가까이에서 겪었으니까요.

All our Presidents come into office looking so vigorous. And then we watch their hair grow grayer and grayer. Well, I may not be the youngest candidate in this race. But I will be the youngest woman President in the history of the United States!

우리의 모든 대통령은 의욕에 찬 모습으로 집무를 시작했습니다. 그러고 나서 우리는 그들의 머리가 회색빛으로 바래는 모습을 지켜보았지요. 저는 이 경선에서 가장 젊은 후보가 아닐 수도 있습니다. 하지만 저는 미국 역사상 가장 젊은 여성 대통령이 될 것입니다!

And the first grandmother as well. And one additional advantage: You're won't see my hair turn white in the White House. I've been coloring it for years!

그리고 최초의 할머니가 될 것이고요. 또 하나의 이점은 제가 백악관에 있는 동안 제 머리가 하얗게 세는 걸 볼 일은 없을 겁니다. 오랫동안 염색을 해왔거든요!

So I'm looking forward to a great debate among Democrats, Republicans, and Independents. I'm not running to be a President only for those Americans who already agree with me. I want to be a President for all Americans.

따라서 저는 민주당원과 공화당원, 그리고 독립당원간 격렬한 논쟁을 기대합니다. 저는 기존에 저를 지지하던 미국인만을 위해 대통령이 되고자 하지 않습니다. 저는 모든 미국인을 위한 대통령이 되고

자 합니다.

And along the way, I'll just let you in on this little secret. I won't get everything right. Lord knows I've made my share of mistakes. Well, there's no shortage of people pointing them out!

그리고 그 일환으로, 여기 작은 비밀 하나 알려드리려 합니다. 제가 모든 일을 다 완벽하게 할 수는 없을 겁니다. 하느님은 저의 실수를 알고 계시지요. 그걸 지적했던 사람들의 수도 엄청나고요!

And I certainly haven't won every battle I've fought. But leadership means perseverance and hard choices. You have to push through the setbacks and disappointments and keep at it.

물론 저는 지금까지 겪은 모든 싸움에서 이기지는 못했습니다. 하지만 리더십은 인내와 힘든 선택을 의미합니다. 역경과 실망을 뚫고 전진하는 거지요.

I think you know by now that I've been called many things by many people — "quitter" is not one of them. Like so much else in my life, I got this from my mother.

여러분은 제가 참 많은 별명을 가지고 있다는 것을 아실 겁니다. 그 중 '중도 포기자'는 없습니다. 제 삶의 많은 부분이 그러하였지만, 저는 이것을 어머니로부터 배웠습니다.

When I was a girl, she never let me back down from any bully or barrier. In her later years, Mom lived with us, and she was still teaching me the same lessons. I'd come home from a hard day at the Senate or the State Department, sit down with her at the small table in our breakfast nook, and just let everything pour out. And she would remind me why we keep fighting, even when the odds are long and the opposition is fierce.

제가 어렸을 적에, 어머니는 제가 누군가의 괴롭힘이나 장벽에 굴복하도록 절대 내버려 두지 않으셨습니다. 여생 동안 어머니는 저희와 함께 사시면서 제게 같은 교훈을 지속적으로 가르치셨습니다. 상원의원이나 국무장관 시절, 힘들게 일을 마치고 집에 돌아오면 주방 한구석 작은 테이블에 어머니와 함께 앉아 겪은 일을 전부 다 털어내도록 하셨지요. 그리고 어머니는 우리가 왜 계속 투쟁해야 하는지 일깨워 주셨습니다. 아무리 역경이 길고 거센 반대에 부딪혀도 말이지요.

I can still hear her saying: "Life's not about what happens to you, it's about what you do with what happens to you — so get back out there."

저는 여전히 어머니가 하신 말씀이 들립니다. "인생은 네게 일어난 일을 말하는 것이 아니다. 네게 일어난 일로 무엇을 하느냐에 관한 것이다. 그러니 다시 그곳으로 돌아가라."

She lived to be 92 years old, and I often think about all the battles she witnessed over the course of the last century — all the progress that was won because Americans refused to give up or back down.

어머니는 92세까지 사셨습니다. 그리고 저는 종종 어머니가 지난 세기 동안 목격한 일련의 투쟁에 대해 생각합니다. 우리가 승리한 그 모든 과정을요. 미국이 포기하거나 뒤로 물러나기를 거부한 덕분입니다.

She was born on June 4, 1919 — before women in America had the right to vote. But on that very day, after years of struggle, Congress passed the Constitutional Amendment that would change that forever.

어머니는 1919년 6월 4일에 태어나셨습니다. 미국 여성이 참정권을 갖기 전이었지요. 하지만 바로 그 날, 수년간의 투쟁 끝에, 의회는 헌법을 영원히 변화시킬 수정안을 통과시켰습니다.

The story of America is a story of hard-fought, hard-won progress. And it continues today. New chapters are being written by men and women who believe that all of us - not just some, but all - should have the chance to live up to our God-given potential.

이러한 미국의 이야기는 힘든 투쟁의 이야기요, 힘든 승리 과정의 이야기입니다. 그리고 이 이야기는 현재진행형입니다.

Not only because we're a tolerant country, or a generous country, or a compassionate country, but because we're a better, stronger, more prosperous country when we harness the talent, hard work, and ingenuity of every single American.

이는 우리가 관대한 나라라서, 어진 나라라서 그런 것이 아닙니다. 우리 미국인 각각이 자신의 재능과 근면성, 독창성을 하나로 엮을 때 우리가 더욱 발전하고 강해지며 나라를 번창하게 만들기 때문입니다.

I wish my mother could have been with us longer. I wish she could have seen Chelsea become a mother herself. I wish she could have met Charlotte. I wish she could have seen the America we're going to build together.

어머니가 우리와 좀 더 오래 같이 있었다면 얼마나 좋았을까요. 어머니가 첼시가 한 아이의 엄마가 되는 모습을 보았다면, 어머니가 증손녀인 샬롯을 만났다면 얼마나 좋았을까요. 어머니가 미국이 함께 일어서는 모습을 보았다면 얼마나 좋았을까요.

An America, where if you do your part, you reap the rewards. Where we don't leave anyone out, or anyone behind. An America where a father can tell his daughter: yes, you can be anything you want to be. Even President of the United States.

미국, 당신이 자기 위치에서 최선을 다할 때 그에 상응하는 보상을 받을 수 있는 곳. 그 누구도 배제시키거나 뒤로 숨지 않는 곳. 아버지

가 딸에게 이야기를 할 수 있는 곳, 미국. 그래, 너는 네가 원하는 것
뭐든 될 수 있단다. 미국 대통령도 말이야.

Thank you all. God bless you. And may God bless America.

여러분, 모두 감사합니다. 신의 가호가 함께하길. 그리고 미국에 신
의 은혜가 깃들기를.

옮긴이 김미선

미국 마켓대학교에서 커뮤니케이션 석사 과정을 졸업하였다. 다년간 여러 출판사에 어린이·청소년 책을 소개하며 책과 인연을 맺었다. 한겨레 문화센터 어린이·청소년책 번역 심화과정 수료 후, 현재 번역에이전시 엔터스코리아에서 어린이·청소년책 출판 기획 및 전문 번역가로 활동하고 있다. 역서 로는 《Disney 주토피아 : 디즈니 무비 픽처북》, 《어두운 건 무서운 게 아냐! (피노키오 그림책 5)》가 있다.

사진제공

게티이미지 : 표지, 26, 67, 115쪽 | 연합뉴스 : 77, 98, 103, 208, 242, 256쪽
AP/연합뉴스 : 166, 178, 203쪽 | 이화여대 : 234, 237쪽

롤모델 시리즈 08
프레지던트 힐러리

1판 1쇄 발행 2016년 8월 5일
1판 2쇄 발행 2016년 10월 25일

지은이 캐런 블루멘탈
옮긴이 김미선
발행인 윤성준

메이킹 스태프
브랜드 총괄 | 한상만
기획 및 프로듀싱 | 안소연
기획 지원 | 최은정
편집 | 이윤희
디자인 | 고희선

출판 브랜드 움직이는서재
주소 06168 서울시 강남구 삼성로 512, 10층
주문 및 문의 전화 (031)977-5364(代) | 팩스 (031)977-5365
독자 의견 및 투고 원고 이메일 goldapple01@naver.com
블로그 http://blog.naver.com/movinglibrary
포스트 http://post.naver.com/movinglibrary

발행처 (주)인터파크씨엔이 **출판등록** 제2015-000081호

ISBN 979-11-86592-32-8 (03840)
책값은 뒤표지에 있습니다. 파본은 바꾸어 드립니다.
움직이는서재 는 (주)인터파크씨엔이의 출판 브랜드입니다.

롤모델 시리즈의 **정의·모토·슬로건**

정의
청소년들이 자신의 진로를 선택하고 인생을 결정함에 있어 '의미 있는 타인'의 영향력이 필요하다는 '롤모델'의 교육학적 배경을 바탕으로, 그들 세대 사이에 존재하는 '워너비(모방)' 심리를 포착하여 닮고 싶거나, 또는 잃어버린 가치를 되살릴 만한 인물을 재발견하는 방식으로 구현되는, 책이라는 매개체를 통한 대안적 교육 방식.

모토
"인간은 누구나 가치지향적인 사고를 꿈꾸며 그 목표에 도달하기 위해서 노력한다. 인간의 이러한 사고와 노력을 가능케 하는 것은 롤모델이 있기 때문이다."

슬로건
"꿈을 가진 친구들에겐 그 꿈을 이루게 하고 꿈이 없는 친구들에겐 새 꿈을 만들어주는 책"